Cinci lecții învățate în rai

Descrierea CIP a Bibliotecii Naţionale a României
ALBOM, MITCH
Cinci lecţii învăţate în rai/ Mitch Albom. - Bucureşti :
Bookzone, 2023
ISBN 978-630-305-053-9
821.111

Grafician copertă: **Maria Stoian**
Traducător: **Maria Dosei**
Redactor: **Mihaela Savu**
Tehnoredactor: **Anca Marisac**

Editura Bookzone
Şoseaua Berceni nr. 104, sector 4, Bucureşti
Comenzi şi informaţii:
Telefon: +40 774 091.579; +40 770 584.429
E-mail: office@bookzone.ro
www.bookzone.ro

Mitch Albom

Cinci lecții învățate în rai

Continuarea romanului
Cinci prieteni care te așteaptă în rai

Bookzone
BUCUREȘTI, 2023

Pentru Chika, „fetița" vieții noastre, care deja înseninează paradisul.

Și pentru asistentele medicale din lumea întreagă, fiindcă ne ating sufletele mai mult decât își pot imagina, întocmai ca acelea care au avut grijă de Chika.

Nota autorului

Această poveste, asemenea celei din romanul *Cinci prieteni care te așteaptă în rai*, a fost inspirată de iubitul meu unchi, Eddie Beitchman, veteran al celui de-Al Doilea Război Mondial, care s-a crezut „un nimeni, care nu a făcut niciodată nimic".

Pe când eram copil, Eddie mi-a povestit că, într-o noapte, la spital, a fost la un pas de moarte și că sufletul i s-a ridicat din trup și i-a văzut pe cei dragi decedați așteptându-l pe marginea patului.

Din acel moment, pentru el cerul a devenit locul unde îi întâlnim pe cei pe care i-am atins pe pământ, locul unde îi vom revedea. Recunosc însă că acesta este doar punctul meu de vedere. Mai sunt multe alte păreri și multe definiții conform dogmelor religioase, și toate ar trebui respectate.

Drept urmare, acest roman și versiunea vieții de apoi pe care o redă reprezintă o dorință, nu o dogmă, dorința ca cei dragi, asemenea lui Eddie, să găsească pacea pe care nu au aflat-o pe pământ și să realizeze cât de mult ne influențăm unii pe ceilalți, în fiecare zi a acestei prețioase vieți.

Sfârşit

ACEASTA ESTE POVESTEA UNUI FEMEI pe nume Annie şi începe cu sfârşitul, cu Annie căzând din cer. Pentru că era tânără, Annie nu se gândise niciodată la sfârşituri. Nu se gândise niciodată la rai. Dar orice sfârşit este un început.

Şi raiul se gândeşte mereu la noi.

Când moartea veni s-o ia, Annie era o femeie înaltă şi suplă, cu bucle lungi de culoarea caramelului şi coate ascuţite. Pielea gâtului i se înroşea ori de câte ori se simţea stânjenită. Avea ochi strălucitori de culoarea măslinelor verzi şi un chip oval, cu piele fină, pe care colegii ei îl descriau drept „drăguţ după ce o cunoşti”.

Pentru că era asistentă medicală, Annie purta la slujbă uniformă albastră şi adidaşi; lucra la un spital din apropiere. Acelaşi spital unde avea să părăsească această lume, după un accident dramatic şi tragic, cu o lună înainte de a împlini treizeci şi unu de ani.

S-ar putea spune că era „prea tânără” ca să moară. Dar ce înseamnă „prea tânăr” când vorbim despre viaţă? În copilărie, moartea mai trecuse o dată pe lângă Annie, într-un alt accident, într-un loc numit Ruby Pier, un parc de distracții de lângă marele ocean cenușiu. Unii au spus că supraviețuise printr-un „miracol".

Așa că poate trăise mai mult decât ar fi trebuit.

— *Ne-am adunat astăzi aici...*

Cum ți-ai petrece ultimele ore dacă ai ști că ești la un pas de moarte? Annie, care nu știa, și le petrecu căsătorindu-se.

Numele logodnicului ei era Paulo. Avea ochii albastru-deschis, de culoarea apei din piscină, și părul castaniu, des, de culoarea stafidelor. Îl întâlnise pe când erau la gimnaziu, jucând Capra pe un teren de joacă asfaltat. Annie era nou-venită, timidă și retrasă. În timp ce își lăsă capul în jos, își repetă: „Ce n-aș da să dispar!"

Apoi mâinile unui băiat o împinseră în jos de umeri și el ateriză în fața ei ca picat din cer.

— Bună, sunt Paulo, spuse zâmbind, cu bretonul intrându-i în ochi.

Și, dintr-odată, Annie nu își mai dori să plece de-acolo.

— *Annie, îl iei pe acest bărbat...*

Cu paisprezece ore înainte de a muri, Annie făcea legămintele de nuntă. Ea și Paulo stăteau sub o boltă aflată lângă un lac de culoarea afinelor. Pierduseră legătura în adolescență și se regăsiseră nu de mult. Anii care trecuseră între o întâlnire și cealaltă fuseseră grei pentru Annie. Îndurase tot felul de relații nesănătoase. Suferise multe pierderi. Ajunsese să creadă că nu va mai iubi niciodată un bărbat și că sigur nu se va căsători niciodată.

Cu toate acestea, iată-i aici. Annie și Paulo. Încuviințând la vorbele preotului. Luându-se de mână. Annie îmbrăcată în alb și Paulo, în negru, amândoi cu pielea bronzată de soare. Întorcându-se să-l privească pe viitorul ei soț, Annie văzu pe cer un balon cu aer cald plutind deasupra apusului. „Ce frumos!”, se gândi ea.

Apoi își întoarse privirea spre zâmbetul lui Paulo, larg cât orizontul. Se auziră hohote tensionate de râs în timp ce Paulo se chinui să-i pună inelul. Apoi Annie ridică degetul și toată lumea strigă: „Felicitări!”

Ultimele treisprezece ore. Coborâră pe alee, braț la braț, doi proaspăt însurăței care aveau tot timpul din lume înaintea lor. Pe când își ștergea lacrimile, Annie văzu un bătrân așezat în ultimul rând; purta o șapcă din in și-i zâmbea cu toată gura. Annie simți că-l cunoaște de undeva.

— Paulo, spuse ea încet, cine este domnul acela...

Dar cineva o întrerupse:

— Arăți superb!

Era un văr adolescent care purta aparat dentar. Annie zâmbi mimând un „mulțumesc” din buze.

Când se uită din nou, bătrânul dispăruse.

Ultimele douăsprezece ore. Annie și Paulo puseră stăpânire pe ringul de dans, luminați de șirurile de becuri albe. Paulo ridică un braț și spuse:

— Ești pregătită?

Iar Annie își aminti de o noapte de pe vremea când erau la gimnaziu, când pornise cu pas apăsat spre Paulo și-i zisese:

— Tu eşti singurul băiat care vorbeşte cu mine. Aşa că, spune-mi, ai de gând să dansezi cu mine sau nu? Altfel eu plec acasă să mă uit la televizor.

Atunci el îi zâmbise exact cum îi zâmbea acum. Se lipiră din nou unul de celălalt, potrivindu-se ca nişte piese de puzzle. Lângă ei apăru un fotograf.

— Hei, voi, cuplul fericit, uitaţi-vă spre mine! le strigă el.

Annie îşi ascunse instinctiv mâna stângă, care era puţin mai mică, la spatele lui Paulo. Era mâna care încă purta cicatricile de la accidentul de acum mai bine de douăzeci de ani.

— Minunat, spuse fotograful.

Ultimele unsprezece ore. Annie se sprijini de braţul lui Paulo și aruncă o privire de jur-mprejurul sălii de bal. Petrecerea era pe sfârșite. Bucăţile de tort erau pe jumătate mâncate, iar pantofii cu toc înalt ai doamnelor stăteau aruncaţi pe sub mese. Fusese o petrecere intimă, Annie nu avea multe rude, stătuse de vorbă cu aproape toţi oaspeţii, iar mulţi dintre ei repetaseră insistent: „Ar trebui ne vedem mai des!"

Paulo se întoarse către Annie.

— Hei, ţi-am pregătit ceva, îi spuse.

Annie zâmbi. Îi făcea mereu mici cadouri. Statuete din lemn. Măruntişuri. Învăţase să sculpteze şi să picteze în Italia, unde plecase familia sa pe când el era adolescent. Pe atunci, Annie crezuse că nu avea să-l mai revadă niciodată pe Paulo. Dar ani mai târziu, la serviciu, trecuse printr-o aripă a spitalului care era în construcţie, şi el era acolo, lucra ca tâmplar.

— Hei, eu pe tine te ştiu, spuse el. Eşti Annie!

Zece luni mai târziu, erau logodiţi.

La început Annie era fericită. Dar devenea din ce în ce mai neliniștită pe măsură ce se apropia nunta. Începuse să sufere de insomnie.

— Ori de câte ori îmi fac planuri, ceva nu funcționează, îi mărturisi lui Paulo.

El îi puse brațul în jurul umerilor amintindu-i că nu ea „plănuise" să dea de el în acea zi la spital, nu?

Annie ridică din sprâncene.

— De unde știi tu?

Paulo râse.

— Aceasta este Annie pe care o voi lua de soție!

Dar Annie continuă să se îngrijoreze.

— Poftim, spuse Paulo, înmânându-i un obiect mic, galben, din sârmă moale, cu o formă puțin nedefinită, urechi ovale în partea de sus și picioare ovale în partea de jos.

— Un iepure? întrebă Annie.

— A-ham.

— Din sârme de curățat țevi?

— Da.

— Unde l-ai găsit?

— L-am făcut. De ce?

Pe Annie o cuprinse dintr-odată o senzație de neliniște. Își mută greutatea de pe un picior pe celălalt. Privi în partea opusă a sălii și-l văzu pe bătrânul de mai devreme. Avea gâtul gros, mustăți grizonante și haine de acum treizeci de ani. Dar pielea lui... avea ceva care îi atrase atenția lui Annie: era bizară, radia.

De unde îl cunosc pe acest om?

— Nu-ți place?

Annie clipi.

— Ce?

— Iepurele.

— Oh. Îmi place la nebunie! Da.

— Da, repetă Paulo, rostogolind cuvântul pe limbă. Azi am spus *da* de o grămadă de ori.

Annie zâmbi și mângâie obiectul mic. Dar un fior rece îi străbătu tot corpul.

În ziua accidentului fatal, Annie ținuse în mână un iepure din sârmă, ca acela pe care i l-a dăruit Paulo, un cadou de la bătrânul cu mustăți care acum era la nunta ei.

Un om care murise cu mai mult de douăzeci de ani în urmă.

Numele lui era Eddie. Lucrase la Ruby Pier. Treaba lui era să repare caruselele. În fiecare zi ungea șinele și strângea șuruburile și se plimba la nesfârșit prin parc, cu ochii în patru și urechile ciulite, în căutarea eventualelor defecțiuni. Ținea în buzunarul cămășii de lucru sârme de curățat țevi din care făcea figurine pentru micii clienți.

În ziua accidentului, Annie fusese lăsată singură de mama sa, care dispăruse împreună cu cel mai recent iubit al ei. Eddie privea oceanul când Annie se apropie, cu pantaloni ei scurți și un tricou verde-limetă cu o rață imprimată pe partea din față.

— Nu vă supăraaați, sunteți Eddie Întreținere? spuse citind ecusonul de pe cămașa lui.

— Doar Eddie, răspunse el.

— Eddie?

— Hm?

— Îmi faci și mie...?

Își împreună mâinile ca pentru rugăciune.

— Zi, puștoaico. Că mai am și alte treburi azi.

— Poți să-mi faci și mie un animal? *Te rooog?*

Eddie ridică privirea jucăuș, de parcă ar fi cântărit situația. Apoi scoase din buzunar sârmele galbene și îi făcu un iepure – exact ca acela pe care tocmai i-l oferise Paulo.

— Mulțumeeesc, spuse ea, îndepărtându-se în pași de dans.

Douăsprezece minute mai târziu, Eddie era mort.

Accidentul fatal avu loc când un vagonet se desprinse și pică de pe un turn numit Freddy's Free Fall, o atracție în care te urcai să experimentezi senzația de cădere în gol, de la două sute de metri înălțime. Vagonetul atârna ca o frunză muribundă în vreme ce clienții erau scoși de acolo și duși pe platformă, în siguranță. Eddie, care privea de jos, își dădu seama că se rupea un cablu. Și dacă ceda, vagonetul avea să se prăbușească.

— ÎNDEPĂRTAȚI-VĂ DE AICI! strigă el.

Mulțimea de dedesubt se împrăștie.

Dar Annie, dezorientată, fugi în direcția greșită. Se duse direct spre baza turnului și rămase acolo înțepenită de frică. Cablul se rupse. Vagonetul se prăbuși. Dacă Eddie nu ar fi plonjat în ultima secundă pe platformă împingând-o din calea vagonetului în cădere, Annie ar fi sfârșit strivită. În schimb, vagonetul picase pe Eddie.

Luându-i viața.

Dar și o bucată din Annie. Mâna ei stângă. În momentul impactului, o bucată de metal se rupse, retezându-i mâna de la os. Niște angajați inspirați luară repede mâna însângerată și o puseră în gheață; paramedicii o duseră imediat pe Annie la spital, unde chirurgii lucrară ore întregi pentru a-i repara tendoanele, nervii și arterele, adăugând grefe de piele. Apoi folosiră plăci și șuruburi pentru a uni la loc mâna cu încheietura.

Accidentul făcu vâlvă în tot statul. Jurnaliştii o numiră pe Annie „Micul miracol de la Ruby Pier". Oameni necunoscuţi se rugară pentru ea. Unii chiar o căutară ca s-o întâlnească, de parcă deţinea secretul vieţii eterne doar pentru că fusese salvată.

Dar Annie, care pe atunci avea doar opt ani, nu-şi amintea nimic. Şocul evenimentelor îi ştersese complet memoria, ca o flacără stinsă de un vânt puternic. Până în ziua de azi tot ce-şi amintea erau imagini şi secvenţe, şi sentimentul vag că plecase la Ruby Pier lipsită de orice grijă şi că totul se schimbase când se întorsese acasă. Medicii folosiră cuvinte precum *reprimare conştientă* şi *tulburare posttraumatică*, neştiind că anumite amintiri sunt pentru această lume şi altele, pentru următoarea.

Dar o viaţă fusese dată pentru a salva alta.

Iar raiul întotdeauna vede totul.

— Casă de piatră!... Dumnezeu să vă binecuvânteze!

Annie şi Paulo o şterseră către limuzina care îi aştepta, în timp ce oaspeţii aruncau spre ei boabe de orez din pahare de hârtie. Paulo deschise portiera, iar Annie se vârî înăuntru urmată de trena rochiei.

— Uraaa! râse Paulo, strecurându-se lângă ea.

Şoferul se întoarse. Avea mustaţă, ochii maronii şi dinţii pătaţi de tutun.

— Felicitări mirilor!

— Mulţumim, răspunseră ei la unison.

Annie auzi o bătaie în geam. Unchiul ei Dennis privea în jos, cu o ţigară de foi în gură.

— Voi doi, spuse în timp ce Annie cobora geamul. Să fiţi cuminţi. Să aveţi grijă. Şi să fiţi fericiţi!

— Nu se poate să le facem pe toate trei, spuse Paulo.

Dennis râse.

— Atunci să fiţi fericiţi!

O strânse pe Annie de degete, iar ea simţi că i se umezesc ochii. Dennis era fratele mamei sale, un chirurg respectat la spitalul unde lucra Annie. După Paulo, el era omul cel mai drag lui Annie din toată lumea. Chel, cu burta mare, mereu cu zâmbetul pe buze, Dennis era pentru Annie mai tată decât tatăl ei biologic, al cărui nume era Jerry (sau „Nemernicul de Jerry", cum îi zicea mama ei). Le părăsise când Annie era micuţă.

— Mulţumesc, unchiule Dennis.

— Pentru ce?

— Pentru tot.

— Mama ta ar fi fost fericită să te vadă aşa.

— Ştiu.

— Ne vede.

— Crezi?

— Sigur, zâmbi Dennis. Annie. Te-ai măritat.

— M-am măritat.

O atinse uşor pe cap.

— O viaţă nouă, puştoaico.

Ultimele zece ore.

Povestea nu e niciodată una singură. Vieţile noastre se conectează ca firele pe un război, întreţesute în feluri pe care nici măcar nu ni le imaginăm.

Exact în momentul în care Annie şi Paulo dansară la nunta lor, la peste şaizeci de kilometri distanţă, un bărbat pe nume Tolbert se duse să-şi ia cheile. Dar îşi aduse aminte că nu făcuse plinul la camionetă, şi, ştiind că va fi greu să găsească o staţie de benzină deschisă la ora aceea, luă cheile de la maşina soţiei sale, un vehicul mic cu o roată cam dezumflată. Ieşi din casă fără să încuie uşa şi se uită în sus, la norii care dantelau luna în cenuşiu.

Dacă ar fi luat camioneta, această poveste ar fi diferită. Dacă Annie şi Paulo nu s-ar fi oprit pentru o ultimă rundă de fotografii, această poveste ar fi diferită. Dacă şoferul limuzinei şi-ar fi adus aminte să ia sacoşa care rămăsese la uşa apartamentului, povestea aceasta ar fi diferită. Povestea vieţii tale se scrie secundă cu secundă, la fel de schimbătoare ca urma de creion pentru guma de şters.

„Dar ne vom căsătoriii!" cântă Paulo, iar Annie râse când el uită cuvintele. Se întoarse cu spatele la el, înconjurându-se cu braţele lui puternice. Pe unele persoane le recunoşti după atingere, chiar şi cu ochii închişi. Pentru Annie, asta se întâmpla cu atingerea mâinilor lui Paulo pe umeri, ca atunci, cu ani în urmă, când au jucat Capra.

Ca în acel moment.

Annie îi văzu verigheta de aur. Respiră adânc, oftând apoi plină de mulţumire. O făcuseră. Erau căsătoriţi. Acum putea să înceteze să se îngrijoreze că ceva neaşteptat i-ar putea strica planurile.

— Sunt tare fericită, spuse.

— Şi eu, răspunse Paulo.

Limuzina porni. Annie salută prin geam invitaţii, care aplaudau ridicând degetul mare în sus. Ultima persoană pe care o văzu fu bătrânul cu şapca din in, fluturând din mână la rândul său, aproape mecanic.

Probabil aţi auzit expresia „raiul pe pământ". Sugerează ceva minunat, cum ar fi plecarea mirilor fericiţi de la nuntă. Dar „raiul pe pământ" poate însemna și altceva, ceva ce i se întâmpla lui Annie chiar acum, pe când bătrânul – Eddie de la Ruby Pier –, dispărea din raza ei vizuală.

În anumite momente, când moartea este aproape, cortina dintre această lume și următoarea se ridică. Raiul și pământul se suprapun. Și când se întâmplă, poți vedea, pentru o clipă, sufletele celor care s-au dus.

Îi vezi așteptându-te să li te alături.

Iar ei te pot vedea sosind.

Ultimele nouă ore. Noaptea era cețoasă; ploaia începu să cadă. Șoferul porni ștergătoarele. În timp ce se izbeau de colo-colo, Annie se gândea la ceea ce avea să urmeze. În primul rând, luna lor de miere, o călătorie îndelung planificată în Alaska, să vadă aurora boreală. Paulo era obsedat de ea. Îi arătase lui Annie sute de fotografii, testându-i cunoștințele, tachinând-o să vadă dacă știa cum se năștea fenomenul.

— Știu, știu, repeta Annie pe de rost. Particulele zboară de pe Soare și ajung pe pământ. Le ia două zile să ajungă la noi. Intră în atmosfera noastră acolo, prin punctul cel mai vulnerabil, adică la...

— Capătul lumii, încheia Paulo.

— Capătul lumii.

— Foarte bine, declara el. Ai trecut testul.

După Alaska, îi aștepta o nouă viață. Paulo și Annie se alăturaseră unei organizații care ducea apă în satele sărace. Se înscriseseră pentru un an. Era un pas mare pentru Annie, care nu plecase niciodată din țară. Dar abilitățile ei de asistentă medicală puteau fi puse la treabă în scopuri nobile, iar Paulo credea în actele de caritate, construia adesea lucruri gratis (prietenii lui râdeau de el și-i spuneau că „încerca să câștige o diplomă de merit pentru fiecare zi a vieţii sale"). Ceea ce o făcea să zâmbească pe Annie. Înainte făcuse alegeri proaste în materie de bărbaţi. Dar Paulo. În sfârşit. Un partener de care să fie mândră.

— Abia aştept, spuse Annie, să ajungem la...

Limuzina viră, ratând ieşirea.

— La naiba, spuse şoferul, privind în oglinda retrovizoare. Tipul nu m-a lăsat să intru pe bandă.

— Nu-i nimic, spuse Paulo. Ieşim la următoarea... E în regulă...

— De obicei folosesc GPS-ul...

— Nu are...

— Dar l-am lăsat acasă...

— Nu-ţi face griji...

— Tipul ăla venea cu viteză prea mare...

— E în regulă, spuse Paulo, strângând-o pe Annie de degete. Ne bucurăm de călătorie.

Îi zâmbi miresei sale, iar ea îi răspunse la zâmbet fără să ştie că lumea tocmai se schimbase.

În timp ce limuzina făcu un viraj, intrând din nou pe autostradă, Annie observă în faţă, prin ploaie, nişte stopuri care se aprindeau intermitent. Un vehicul mic ca o cutie era oprit pe acostament, iar lângă el, ghemuit, se afla un bărbat, ud leoarcă. Străinul se ridică făcând semn cu mâna când limuzina se apropie.

— Ar trebui să oprim, spuse Annie.

— Zici? întrebă Paulo.

— Este leoarcă. Are nevoie de ajutor.

— Cred că se descurcă...

— Domnule, puteţi trage pe dreapta?

Şoferul încetini şi trase încet în faţa maşinii oprite. Annie se uită la Paulo.

— Ne putem începe căsnicia cu o faptă bună, spuse Annie.

— Să ne poarte noroc, rosti Paulo.

— Exact, zise ea, deşi se simţea tentată să adauge că uniunea lor era deja una norocoasă, după părerea ei.

Paulo împinse portiera. Ploaia bătea în asfalt.

— Hei, prietene! strigă Paulo. Probleme?

Bărbatul încuviinţă în timp ce Paulo se apropie.

— Maşina soţiei mele, strigă el. Am făcut pană. Şi, bineînţeles, nu are cric în portbagaj. Tu ai?

— Soţie?

— Cric.

— Glumesc.

— O!

Ploaia li se scurgea pe chip.

— Sigur are limuzina.

— Ar fi grozav.

— Aşteaptă o clipă.

Paulo porni ca din arc spre portbagajul limuzinei, zâmbi spre Annie, mişcând exagerat din braţe, ca un actor care aleargă cu încetinitorul. Şoferul apăsă pe un buton, portbagajul se deschise, Paulo găsi cricul şi porni înapoi către şoferul aflat în nevoie.

— Mulţumesc mult, spuse bărbatul. Ştii cum e cu soţiile...

— Nu chiar, spuse Paulo.

Ultimele opt ore. Annie îi privi prin lunetă pe Tolbert şi Paulo ştergându-şi mâinile cu o cârpă. Anvelopa fusese schimbată. Stăteau de vorbă în ploaie.

Annie arătă cu degetul spre verighetă. Îi văzu pe bărbați râzând. Paulo, care se afla cel mai aproape de banda de circulație, se întoarse spre Annie și ridică mâna străinului într-o poză ca de campioni. Preț de un moment, se simți uluită de norocul care dăduse peste ea: era proaspăt căsătorită cu un soț îmbrăcat într-un smoching ud, atât de chipeș, încât ziceai că strălucește.

Apoi își dădu seama că strălucirea aceea venea de la niște faruri. Din spatele lui Paulo se apropia cu viteză un vehicul, luminându-i silueta. Annie simți un val de panică. Îl strigă. Dar Tolbert îl apucă pe Paulo de braț, trăgându-l la o parte.

Mașina trecu în trombă.

Annie se prăbuși pe banchetă.

— Hei, ia uite, spuse Paulo, strecurându-se lângă ea ud, cu o carte de vizită în mână. Tipul pilotează baloane cu aer cald...

Annie îl trase aproape.

— Oh, Doamne! răbufni ea, sărutându-i obrajii umezi, părul ud și fruntea. Am crezut că o să te lovească mașina aia.

— Da, mergea repede. Bine că tipul...

Observându-i ușurarea, Paulo îi cuprinse fața în palme.

— Hei. Annie. Hei.

Miji ochii de parcă ar fi privit în sufletul ei.

— Sunt bine. Nu-i mare lucru. N-o să mi se întâmple nimic. Tocmai ne-am *căsătorit*.

Ochii lui Annie se umplură de lacrimi.

— Hai să mergem la hotel, șopti ea.

— La hotel! strigă Paulo.

Șoferul o luă din loc.

Voi ştiţi cum se naşte vântul? Un front de aer cu presiune înaltă se întâlneşte cu altul, cu presiune joasă. O întâlnire între cald şi rece. Schimbare. Schimbarea naşte vântul. Şi cu cât schimbarea este mai mare, cu atât mai puternic suflă vântul.

Cam la fel e şi cu viaţa. O schimbare naşte o altă schimbare. După ce făcu pană, bărbatul cu baloanele, pe nume Tolbert, îngrijorat că avea montată pe mașină roata de rezervă, își schimbă planurile și plecă direct acasă, nu la serviciu, aşa cum făcea de obicei la început de weekend. Își sună asistentul şi-i spuse:

— Ocupă-te tu de tot până la prânz, bine?

Asistentul, un tânăr bărbos pe nume Teddy, își schimbă planurile în timp ce răspunse cam ameţit:

— Nicio problemă.

Își pregăti o cafea și se îmbrăcă.

După ce scăpară de hainele de nuntă şi împărţiră patul pentru prima dată ca soţ şi soţie, pe când soarele abia se ivea printre perdelele camerei de hotel, Annie și Paulo își schimbară și ei planurile. Annie îi mângâie părul lui Paulo în timp ce el se lăsă greu pe pernă.

— Of, sunt frânt!

Dar Annie nu voia să se termine.

— Dacă nu ne culcăm, tehnic vorbind, e tot noaptea nunţii noastre, nu?

— Cred că da.

— În acest caz...

Se întinse peste el și luă cartea de vizită de pe noptieră.

— O plimbare cu balonul! zise Annie.

— Nuuu!

— Daaa...

— Nu, nu, nu...

— Ba da, ba da, ba da...

— Annie... atât de impetuoasă!

— Știu. Nu-mi stă în fire. Dar în timp ce ne spuneam jurămintele am văzut un balon. Poate a fost un semn. Pe cartea de vizită scrie „plimbări la răsărit de soare”.

— Da, dar...

— Te rooog...

— Of. Bine.

Paulo închise ochii strâns, apoi îi deschise.

— Da!

Annie puse mâna pe telefon. Ultimul ei apel înainte de a muri începu așa:

— Bună ziua, zburați azi?

Ultimele cinci ore. Îmbrăcați cu jachete ușoare care-i apărau de frigul de dimineață, Annie și Paulo se țineau de mână lângă un coș mare de pasageri, în mijlocul unui câmp acoperit cu iarbă. Totul părea predestinat: cartea de vizită, apelul, pilotul pe nume Teddy, locul pentru decolare aflat nu departe de hotelul lor. „Ce poveste minunată de spus în viitor”, se gândi Annie. „O noapte a nunții care se încheie printre nori.”

O mică echipă de oameni puse în funcțiune arzătoarele cu propan pentru a încălzi aerul din interiorul balonului. În câteva minute, începu să se ridice, asemenea unui gigant care se trezește din somn. În timp ce pânza se umfla, căpătând o formă de pară imensă, Annie și Paulo se sprijineau ușor unul de celălalt, minunându-se de acest dirijabil silențios care avea să-i ridice spre ceruri.

În acel moment n-aveau de unde să știe anumite lucruri, cum ar fi că Teddy era doar un pilot începător, dornic să-și demonstreze abilitățile; că acceptase să se ridice în zbor în ciuda unui raport meteo nefavorabil, pentru că era vorba despre un cuplu de proaspăt căsătoriți; iar tinerii abia căsătoriți erau clienți profitabili în industria zborurilor cu balonul; că Teddy socotise că acești tineri căsătoriți le vor povesti altor tineri căsătoriți și că asta ar face bine afacerii.

Și, dacă făcea bine afacerii, îi făcea bine lui.

— Gata de plecare? spuse Teddy.

Îi zori pe Annie și Paulo să urce în nacelă. Închise ușa în urma lor și, detașând cablurile, dădu drumul unui jet de foc din injector.

Balonul se ridică de la sol.

— Dumnezeule! se minună Annie patruzeci de minute mai târziu, în timp ce alunecau peste pășuni vaste și pustii. Este incredibil!

Paulo apucă marginea nacelei.

— De ce spun oamenii „incredibil" despre ceva ce tocmai s-a întâmplat? Nu ar trebui să fie „credibil"?

Annie rânji.

— Bine, geniule. Voiam să spun că...

O rafală bruscă lovi balonul, deviindu-l dintr-odată spre vest.

— Uau, spuse Teddy.

— Uau? repetă Paulo.

— Nu-i nimic, răspunse Teddy, privind norii. Se întețește vântul. O să-l cobor puțin.

Trase o supapă, întrerupând alimentarea cu aer fierbinte, ceea ce îi făcu să coboare. Câteva minute mai târziu, pe când cerul se întuneca, o altă rafală puternică îi împinse și mai departe spre vest. Annie observă că se apropiau de un hățiș.

— Poate fi dirijat balonul de către o persoană, tehnic vorbind? întrebă Paulo. Nu este o mustrare, dar...

— Doar în sus şi în jos, spuse Teddy, cu mâna pe injectorul pe propan. Suntem în siguranţă. Nu vă faceţi griji.

Au continuat să plutească în derivă spre vest. Vântul se înteţi. Norii se înmulţiră. Teddy deschise o trapă, permiţând aerului cald să iasă, coborând balonul şi mai jos în speranţa de a evita rafalele. Un pilot mai experimentat ar fi ştiut că acest lucru putea creşte riscul de coliziune cu vârfurile copacilor şi că ar fi fost mai sigur, deşi mai dificil, să rămână la altitudine. Dar pilotul mai experimentat era Tolbert, care, în acel moment, se afla la un atelier de reparaţii auto, pentru a schimba un cauciuc.

Dintr-odată, copacii se aflau foarte aproape.

— E în regulă, nu-i mare scofală, spuse Teddy, dar ar fi bine să vă lăsaţi jos, să nu vă zgârie vreo creangă.

Apoi, pe măsură ce pădurea se apropia, tonul lui deveni mai impacientat:

— Jos, jos!

Annie şi Paulo se lăsară să cadă în nacelă. Jumătatea de jos a balonului se lovi de nişte crengi înalte, aruncând pasagerii în lateral.

— Rămâneţi jos! strigă Teddy din nou. O să aterizăm!

Trase şi mai mult de trapa supapei, ceea ce provocă un şuierat puternic. Ridicând privirea din poală, Annie zări ceva întunecat şi orizontal printre frunzele dese.

Linii de înaltă tensiune.

Balonul se izbi de ele, împingându-le una în alta. Annie auzi un şuierat. Văzu o străfulgerare orbitoare. O explozie de scântei. Pe Teddy, cum îi cedau genunchii.

— Isuse! strigă în vreme ce nacela pierdea rapid altitudine.

Annie țipă și Paulo țipă, apoi lumea începu să se învârtească și Annie nu mai putu să vadă în față, copaci, cer, fundul nacelei, un braț, o frânghie, cer, pantofi, foc.

Balonul se înclină pe-o parte și nacela lovi pământul, zguduindu-i pe cei trei pasageri aflați pe fundul său. Annie văzu flăcările, cerul, frânghiile, pe Paulo, cotul ei, blugii albaștri, cerul, apoi Teddy se făcu nevăzut peste marginea laterală a nacelei și balonul începu să se ridice din nou din cauza aerului încălzit de propanul care ardea.

Dintr-odată, simți brațele lui Paulo strânse în jurul coastelor sale.

— Sari, Annie! strigă el.

Îi văzu chipul pentru o clipă, dar înainte de a-i putea rosti numele, el o aruncă din nacelă. Annie se prăbuși prin aer, apoi căzu – *poc!* –, lovind pământul cu spatele.

Ochii ei vedeau stele, un milion de luminițe care blocau soarele. Când, în cele din urmă, își focaliză din nou privirea, văzu cu groază cum balonul exploda în flăcări și o siluetă cădea spre ea, devenind din ce în ce mai mare pe măsură ce cobora, cu brațele agitându-se puternic în aer.

Apoi Paulo, proaspătul ei soț, se lovi de pământ.

Annie țipă.

În năuceala orei care urmă o singură propoziție se agăță de ea ca o ancoră: *E vina mea*. În ambulanță, însoțită de urletul sirenelor, pe targă, în mijlocul medicilor, în spital, la Urgențe, prin ușile care s-au dat de perete cu un sunet metalic, cuvintele acelea nu-i dădeau pace. *E vina mea*. Printre trupurile așezate de-a valma și aparatele care țiuiau, unchiul Dennis, îmbrăcat în uniforma de chirurg, îmbrățișând-o strâns în timp ce lacrimile lui Annie lăsau o pată umedă pe materialul verde pal.

E vina mea.

Eu am zis să mergem.

Eu am făcut asta.

Eu am stricat totul.

Căzătura îi provocase lui Annie vânătăi și răni, dar lui Paulo, care căzuse de la doisprezece metri înălțime, îi zdrobise oasele, îi secționase tendoanele și îi afectase mai multe organe vitale. Avea fracturi la picioare, la pelvis, maxilar și umăr din cauza impactului, dar plămânii suferiseră cele mai multe leziuni, erau lacerați și avea hemoragie pentru că îi fusese strivit peretele toracic. Fusese intubat pentru a fi menținut în viață, dar radiografiile arătau că niciunul dintre plămâni nu mai putea fi salvat. Avea nevoie de unul nou pentru a supraviețui. Medicii vorbeau în șoaptă despre registre naționale și liste de transplant, despre cine ar putea fi chemat într-un timp atât de scurt. Atunci interveni brusc Annie, care ascultase conversația cu gura căscată.

— Luați-l pe-al meu.

— Ce?

— Plămânul meu. Trebuie s-o faceți.

— Annie, nu este posibil...

— Ba da, este. Îl poate salva!

Urmă o dezbatere rapidă, timp în care unchiul ei și alte persoane încercară s-o convingă pe Annie că era greșit. Dar ea striga, era hotărâtă și, ca asistentă medicală, știa deja care erau cerințele minime în caz de transplant, cum ar fi grupa sanguină (Annie și Paulo aveau aceeași grupă de sânge) și dimensiunile relative ale corpului (aveau aceeași înălțime). Nu-și luă ochii de la Paulo, prin ușile unei săli de operație, înconjurat de asistente și echipamente. Paulo care o salvase. Paulo care era pe moarte din cauza ei.

— Annie, există riscul de a...

— Nu-mi pasă...

— Lucrurile pot merge prost.

— Nu-mi pasă!

— Este într-o stare proastă. Chiar dacă reușim, s-ar putea să nu...

— Ce?

— Supraviețuiască.

Annie înghiți zgomotos.

— Dacă nu mai trăiește el, nu vreau să mai trăiesc nici eu.

— Nu spune asta...

— Vorbesc serios. Te rog, unchiule Dennis!

Plânsese atât de mult, încât simțea că nu mai avea lacrimi. Dar își amintea cât de fericiți fuseseră ea și Paulo cu două ore în urmă. Două ore? Cum se poate schimba viața atât de mult în două ore? Repetă ce-i spusese Paulo pe bancheta din spate a limuzinei, cuvintele pe care le folosise pentru a o liniști.

„Tocmai ne-am *căsătorit...*”

I se cutremură tot trupul, iar Dennis expiră de parcă tocmai ar fi încasat un pumn în stomac. Se întoarse spre chirurgul-șef, a cărui gură era acoperită de o mască de culoarea oului de rață. Rosti un nume pe care îl cunoșteau amândoi, cel mai bun expert în transplanturi de la spital.

— Eu voi lua decizia, spuse chirurgul-șef.

Restul detaliilor trecură pe lângă ea precum ploaia dusă de vânt. Monitoarele mobile, roțile de la targă, șervețelele dezinfectante, acele, tuburile. Annie ignoră totul, ca și cum se întâmpla undeva în afara ei, dincolo de carapacea care o înconjura. În mijlocul unei crize dintre cele mai profunde, o mică scânteie de credință poate însemna salvarea. Iar Annie credea că își poate salva soțul. Că putea să se revanșeze pentru greșeala făcută. *Un plămân pentru fiecare. Împărțim la doi.* Se concentră asupra acestui lucru aşa cum un miner prins în capcană se concentrează asupra unei raze de lumină.

Întinsă pe masa de operaţie, Annie spuse o rugăciune. *Doamne, fă ca el să trăiască. Te rog, fă ca el să trăiască.* Simţi cum anestezia îşi face efectul, corpul ei deveni moale, ochii i se închiseră. Ultima ei amintire conştientă era reprezentată de două mâini pe umeri împingând-o uşor în jos şi o voce de bărbat care spunea:

— Ne vedem curând.

Apoi, lumea începu să se învârtă şi să se întunece, ca şi cum Annie ar fi fost coborâtă într-o peşteră. Din întuneric, văzu ceva straniu. Îl văzu pe bătrânul de la nunta ei alergând spre ea, cu braţele întinse.

Apoi totul deveni alb.

Annie face o greșeală

Are doi ani. Stă în scăunelul înalt. În fața ei se află o cană cu tetină de culoare verde, plină cu suc de mere.

— Jerry, ia uite, spune mama, scoțând tetina. Poate să bea fără tetină.

— Uau, murmură tatăl.

— Copiii de vârsta ei nu știu să facă asta.

— Sunt ocupat, Lorraine.

— Citești ziarul.

— Așa este.

Annie saltă în scăunel.

— Vrea să îi acorzi atenție.

— Am mai văzut-o bând.

— Poate să bea fără tetină.

— Te-am auzit și prima dată.

— Jerry, te rog. Va dura doar o...

— De ajuns! Trebuie să plec.

Pune ziarul jos. Annie aude zgomotul puternic pe care îl face când împinge scaunul de la masă.

— Atunci, hai să exersăm și-i arătăm data viitoare, da? spune mama, desfăcând tetina.

Îi mângâie obrăjorul moale, iar Annie, bucuroasă de atenție, dă din mână și răstoarnă sucul. Se revarsă peste tot. Începe să plângă.

— Ce i-ai făcut? urlă Jerry de pe hol.

— Nimic!

— Mie nu mi se pare că-i nimic.

Mama ia un prosop de hârtie și șterge sucul.

— Nu-i nimic, scumpo, îi șoptește lui Annie. A fost un accident.

O sărută pe Annie pe obraz. Își coboară privirea în timp ce ușa de la intrare se trântește.

— Doar un accident, repetă ea. Gata. A trecut.

Călătoria

În mod normal, atunci când ne trezim din somn, deschidem ochii și totul se resetează. Lumea viselor dispare, înlocuită de lumea reală.

Dar acesta nu a fost un somn, iar ceea ce i se întâmplă lui Annie după nu semăna cu niciuna dintre dăţile anterioare când se trezise din somn. Avea ochii închişi, dar vedea destul de clar.

Şi se mişca.

Pământul păru că i se desprinde de sub picioare și că se deplasează cu viteză formidabilă, dar fără frecare, ca un lift din sticlă catapultat în spaţiu. Trecu în viteză prin tot felul de culori, lavandă, lămâie şi verde-avocado.

Nu simţi vântul, dar îl *auzi*. Părea să se apropie, ca o rafală din ce în ce mai puternică, apoi se îndepărta ca aspirat printr-un tunel, un fel de uriaşe inspiraţii şi expiraţii. În mod bizar, toate acestea nu o îngrijorară. De fapt, nimic nu o îngrijoră pe Annie. Se simţea de parcă ar fi fost făcută din aer şi fără dureri, ca un copil.

Apoi ceva trecu prin ea, ceva atât de străin, încât nu găsi cuvinte să-l descrie. Nicio parte a corpului nu i se mai potrivea, ca şi cum braţele şi picioarele i s-ar fi alungit, iar capul i-ar fi stat pe un gât nou; prin minte îi trecură imagini care nu fuseseră niciodată acolo înainte:

interiorul unei case, chipuri într-o sală de clasă, crâmpeie de peisaj italian.

Apoi, la fel de repede, se întoarse în propria conștiință, culorile trecură din nou pe lângă ea, turcoaz și galben, somon și roșu ca vinul. Căută o idee în care să se regăsească, ceva legat de Paulo... *E rănit Paulo? Paulo are nevoie de mine?...* Dar se simțea ca și cum ar fi înotat în amonte, contra curentului propriilor amintiri. Un balon. Un incendiu. Un accident. Un spital.

„Poate e cu noroc."

Paulo e în viață?

„Tocmai ne-am căsătorit."

L-am salvat?

„Ne vedem curând..."

Unde mă aflu?

Annie face o greșeală

Are patru ani. Stă la masă. Părinții ei se ceartă. Ea se joacă cu furculița.

— Nu-mi vine să cred, spune mama.

— S-a întâmplat, pur și simplu, zice tatăl.

— Vreau înghețată pe băț. Pot? întreabă Annie.

— Du-te să te joci, Annie, murmură mama.

— Du-te să te joci, repetă tatăl ca un ecou.

— Dar vreau înghețată pe băț. Pot?

— Annie!

Mama își freacă fruntea.

— Și-acum? Ce facem?

— Nimic.

— Ca ultima dată? Ca toate celelalte dăți?

— Tati?...

— Isuse, Annie! urlă tatăl. Taci din gură!

Annie își pleacă fața. Mama se ridică de la masă și fuge pe hol.

— Mda, așa, grozav, fugi, spune tatăl, urmând-o. Ce vrei de la mine? Ă?

— Vreau să-ți amintești că ești căsătorit! strigă ea.

Singură de-acum, Annie se dă jos, alunecând încet de pe scaun. Se îndreaptă în vârful picioarelor spre congelator. Trage de mâner. Ușa se deschide cu un pocnet.

Aerul e rece. Și iat-o: cutia cu înghețată pe băț. Vrea una. Știe că nu are voie. Vede două batoane congelate

Hershey's pe raftul de jos. Părinților ei le plac batoanele acestea. Ia unul să li-l ducă. Poate așa încetează să se mai certe. Poate o lasă și pe ea să-și ia o înghețată pe băț.

Se dă înapoi privind cum se închide ușa congelatorului, dar două mâini mari o smucesc violent.

— Obrăznicătură! urlă tatăl, iar batonul Hershey's cade pe jos. Ți-am zis că n-ai voie!

Annie simte o palmă peste față, ochii i se închid și lumea devine neagră. Altă palmă. Lacrimile curg. Și-ncă una. Plânge atât de tare că o dor urechile.

— Jerry, încetează! urlă mama.

— Dacă zic că e nu, e nu!

— Încetează!

Altă palmă. Annie simte că o ia amețeala.

— JERRY!

Îi dă drumul. Annie se prăbușește. Părinții ei țipă, în timp ce ea plânge cu suspine pe podea. Aude pași care se îndreaptă grăbiți în direcția ei. Apoi mama se apleacă, blocând lumina.

În dimineața următoare, tatăl ei se mută de-acasă. Trântește ușa la ieșire. Annie știe de ce pleacă. Pentru că a vrut ea înghețata aia pe băț. De-aia le-a părăsit.

Sosirea

Albastru. Totul era albastru. O singură nuanţă, care o învăluia pe Annie ca şi cum ar fi fost la rândul ei pictată din aceeaşi culoare. Se simţi extrem de uşoară şi bizar de curioasă.

Unde sunt?

Ce s-a întâmplat?

Unde e Paulo?

Nu putea să vadă nicio parte din sine. Albastrul era ca o pătură care îi acoperea totul, mai puţin ochii. Dintr-odată, în faţa ei apăru un scaun mare, care plutea cam până la înălţimea pieptului, cu o pernă din piele tăbăcită şi o şină argintie în partea superioară. Arăta ca un scaun de avion sau de autobuz.

Annie se duse instinctiv să-l atingă şi rămase şocată când îşi văzu palma dreaptă plutind în aer în faţa ei, neataşată de nimic altceva. Fără încheietură. Fără antebraţ. Fără cot. Fără umăr. Şi-atunci realiză că, de fapt, albastrul nu-i acoperea corpul. Nu *avea* corp. Nu avea mijloc, nici fese. Nici stomac, coapse sau picioare.

Ce-i asta?

Unde este restul din mine?

Ce caut aici?

Apoi, albastrul din jurul ei se şterse aşa cum clăteşti săpunul de pe un pahar; în stânga se vedeau munţi acoperiți de zăpadă, în dreapta zgârie-nori urbani. Totul trecea pe lângă ea în viteză, ca și cum ar fi accelerat în timp ce stătea pe loc. Privi în jos și văzu șine de tren întinzându-se sub ea. Auzi vuietul unui sunet inconfundabil.

Șuieratul unui tren.

Dădu drumul scaunului. Dispăru. Apăru un al doilea scaun, mai departe. Îl prinse și pe acela, dar dispăru și el, apoi se materializă altul, ghidând-o tot înainte. În cele din urmă, ajunse la ușa unui compartiment care avea un mâner de bronz ornamentat. Apăsă pe el.

Apăsarea mânerului o făcu să treacă de la exterior în interior. În jurul ei se desena o locomotivă, ca schițată de creionul unui artist. Tavanul era jos, podeaua era din metal nituit, iar peste tot erau panouri, manometre și pârghii. Arăta ca un tren din anii 1950.

Ce fel de vis mai e și ăsta?!

De ce mă simt atât de ușoară?

Unde a dispărut toată lumea?

Ceva îi atrase atenția. Acolo, sus. Pe scaunul mecanicului de locomotivă. Apăru un cap mic, apoi dispăru.

— Da! strigă o voce tânără. Da!

Dacă ar fi fost un vis normal, Annie ar fi fugit, speriată de un străin, așa cum ne speriem adesea în somn. Dar pericolul nu are efect în viața de apoi, iar Annie continuă să plutească în derivă până ajunse lângă scaunul mecanicului. Privi în jos și văzu ceva cu totul neașteptat.

Acolo, la panoul de comandă, se afla un băiețel cu pielea ca de caramel și părul negru ca antracitul; avea pe el o cămașă în dungi cu mânecă scurtă și purta un toc de pistol de jucărie.

— Merg prea repede? întrebă el.

Annie face o greșeală

Are șase ani și se întoarce de la școală. Ca de obicei, e însoțită de trei copii mai mari: Warren Helms, care are unsprezece ani, sora sa, Devon, care are nouă ani, și cealaltă soră a sa, Lisa, care tocmai a împlinit opt.

— Se numește Sfânta Împărtășanie, spune Lisa.

— Și ce trebuie să faci? întreabă Annie.

— Te duci la biserică, îți ceri iertare și mănânci un biscuit.

— O napolitană, spune Warren.

— Apoi primești cadouri.

— O mulțime de cadouri, zice Devon.

— Serios? întreabă Annie.

— Eu am primit o bicicletă, răspunde Warren.

Annie se simte geloasă. Îi plac cadourile. Acum primește doar de Crăciun și de ziua ei. De când a plecat tatăl ei, mama spune că trebuie să „strângă punga".

— Pot să fac și eu împărtășire?

— Împărtășanie, bleago. Trebuie să fii catolică. Ești catolică?

Annie ridică din umeri.

— Nu știu.

— Ai ști dacă ai fi catolică, spune Warren.

— Cum?

— Uite-așa.

Annie bate din picioare pe trotuar. Simte limitele faptului că este prea mică, un sentiment care o încearcă *deseori cu fiii familiei Helms, care o conduc acasă în fiecare zi. Pe majoritatea colegilor ei de clasă îi ia de la școală mama lor. Dar mama lui Annie trebuie să muncească, așa că Annie așteaptă la vecini până când aceasta se întoarce.*

— Ne apropiem de casa vrăjitoarei, spune Warren.

Privește înainte, la o casă mică, maro, cu un singur nivel, jgheaburile căzute și o verandă neîngrijită. Vopseaua e scorojită. Lemnul e putred. Se zvonește că acolo locuiește o vrăjitoare bătrână și că odată, cu ani în urmă, un copil a intrat și n-a mai ieșit niciodată.

— Cine are curaj să-i bată la ușă? Îi dau cinci dolari, spune Warren.

— Eu nu, zice Devon.

— Eu n-am nevoie de bani, spune Lisa. Duminică primesc cadouri.

— Ai mai rămas tu, Annie. Vrei? zice Warren și scoate din buzunar o bancnotă de cinci dolari. Poți să-ți cumperi o grămadă de chestii.

Annie se oprește în loc. Se gândește la cadouri. Se uită lung la ușă.

— Cred că nici nu e acasă, spune Warren.

Flutură bancnota.

— Ciiinci dolari!

— Câte jucării pot să-mi cumpăr de ei? întreabă Annie.

— Multe, răspunde Devon.

Annie se trage de părul creț și se uită în jos, ca și cum ar decide ce să facă. Apoi îi dă drumul și pornește cu pas hotărât pe cărare, până ajunge la verandă. Se întoarce să se uite la ceilalți. Warren îi face semn cu mâna să ciocăne.

Annie trage aer în piept. Inima îi bubuie. Se gândește la cadouri. Ridică mâna făcută pumn spre paravan.

Dar, înainte să-l atingă, ușa se deschide și-și face apariția o femeie cu părul alb, îmbrăcată într-un halat de baie, care o privește fix.

— Ce vrei? croncăne femeia.

Annie nu poate să se miște. Clatină din cap ca și cum ar vrea să spună: „Nimic, nu vreau nimic." Femeia privește dincolo de ea la ceilalți copii care au luat-o la sănătoasa.

— Ei te-au pus să faci asta?

Annie încuviințează din cap.

— Ți-a mâncat pisica limba, fetițo?

Annie înghite cu greu.

— Voiam cadouri.

Bătrâna se încruntă.

— Nu ar trebui să deranjezi oamenii.

Annie nu-și poate lua ochii de la fața femeii, de la nasul lung și oblic, de la buzele subțiri și crăpate, de la cearcănele purpurii de sub ochi.

— Chiar ești vrăjitoare? întreabă Annie.

Femeia mijește ochii.

— Nu, răspunde ea. Tu ești?

Annie clatină din cap.

— Sunt doar bolnavă, atâta tot, spune femeia. Pleacă acum.

Și închide ușa. Annie dă afară aerul din piept. Se întoarce pe călcâie și aleargă spre ceilalți, în jos pe stradă. Când ajunge la ei, repetă ceea ce a spus femeia.

— Înțelegerea pică, spune Warren. Nu e vrăjitoare adevărată.

Umerii lui Annie se prăbușesc.
Nu primește niciodată banii.

Prima persoană pe care Annie o întâlnește în rai

— Merg prea repede?

Annie se holbă la băiatul în cămașă cu dungi.

Unde sunt?

— Nu te aud.

Unde sunt...

— Nu te auuud!

Am spus...

Băiatul schiță un zâmbet.

— Nu te aud pentru că nu vorbești, prostuțo.

Avea dreptate. Annie nu avea gură. Cuvintele pe care le auzea erau în mintea ei.

— Nimeni nu poate să vorbească atunci când ajunge prima dată, spuse băiatul. Așa asculți mai bine. Cel puțin așa mi-a spus mie.

Cine?

— Prima persoană pe care am întâlnit-o.

Deci tu mă auzi?

— Îți aud gândurile, da.

Cine ești?

— Sameer.

De ce ești aici?

— Că sunt obligat.

Unde sunt?

— Încă nu ai priceput?

Arătă spre fereastră și spre culorile schimbătoare ale cerului.

— Rai.

Am murit?

— Doamne, înceată la minte mai ești!

Gândurile lui Annie se revărsau peste tot, ca picăturile de ploaie pe o fereastră. Murise? Rai? Prăbușirea balonului? Paulo?

Unde mi-e corpul? De ce sunt așa?

— Nu știu, spuse băiatul. Te-a făcut bucăți cineva de pe pământ?

Annie se gândi la transplant.

Oarecum.

— Atunci poate fi de la asta. Hei. Ia uite.

Apăsă pe un buton plat. Șuieratul trenului răsună.

— Îmi place la nebunie, spuse el.

Te rog. Locul meu nu este aici. Nu ar fi trebuit să...

— Ce?

Știi tu.

— Mori?

Da.

— De ce nu? Eu am murit.

Dar nu mi-a venit ceasul. Nu sunt bătrână, nici bolnavă. Sunt doar...

— Ce?

Annie revăzu noaptea nunții, oprirea lângă conducătorul auto care făcuse pană, ceea ce dusese la accidentul cu balonul, ceea ce dusese la transplant, ceea ce dusese la asta.

Un om care face greşeli.

— Uau, spuse băiatul, dându-şi ochii peste cap. Cineva are probleme de stimă de sine.

Cu aceste cuvinte, apăsă pe manetă, iar trenul acceleră nebuneşte, ridicându-se în aer, coborând, ridicându-se, întorcându-se la fel de brusc ca o maşină de curse.

— Iuuu-huuu! strigă el.

Annie zări un ocean violet în faţă. Pe măsură ce se apropia de ţărm, văzu valuri uriaşe care se spărgeau şi o întindere infinită de spumă albă.

Stai...

— Nu-ţi face griji. Am făcut asta de multe ori.

Coborî brusc trenul şi Annie se pregăti de impact, dar nimic nu se întâmplă, doar o imersiune tăcută şi umbre de culoarea boabelor de mure pe la ferestre.

— Ai văzut?

Unde mergem?

— Întrebarea corectă este „când"?

Trase în sus de roată şi ieşiră din adânc în ceea ce părea a fi o lume nouă, cu un aspect mai pământean. Trenul încetini şi se aşeză pe o linie de cale ferată la marginea unui orăşel, cu case vechi şi ordonate, cu pereţi albi din plăci de aluminiu.

— Pregăteşte-te, spuse băiatul.

Lovi cu pumnul în geamul din faţă care se sparse într-o mie de bucăţi. Trase de manetele de frână şi trenul se opri brusc, iar el şi Annie fură aruncaţi prin deschizătură.

— Iuuu-huuu! strigă în timp ce se înălţau în zbor. Fain, nu?

Apoi, cumva, ajunseră lângă şine, fără să aterizeze, fără vreun impact.

— Ei bine, mie mi s-a părut fain, mormăi el.

Era linişte acum. Trenul dispăruse. Copacii erau golaşi, iar frunzele acopereau pământul. Peisajul căpătă o patină sepia, ca un film vechi.

Te rog, se gândi Annie, *nu înţeleg.*

— Ce?

Nimic. De ce sunt aici. De ce eşti aici.

— Sunt aici, spuse băiatul, pentru că, atunci când ajungi pentru prima dată în rai, întâlneşti cinci oameni cunoscuţi pe când erai pe pământ. Toţi au trecut prin viaţa ta dintr-un motiv.

Ce fel de motiv?

— Asta urmează să afli. Te învaţă ceva, ceva ce nu ai conştientizat cât ai fost în viaţă. Te ajută să înţelegi lucrurile prin care ai trecut.

Deci, stai. Tu eşti primul meu om?

— Cât entuziasm!

Scuze. Doar că... eu nu te cunosc.

— Nu fi aşa sigură.

Băiatul ridică mâna şi-şi flutură degetele prin faţa ochilor lui Annie. Faţa îi apăru dintr-odată. Annie îşi atinse obrajii.

Ce ai...

— Stai liniştită. N-am păduchi. Priveşte ce fac. E important.

Băiatul arătă spre şine. Vederea lui Annie era extrem de ascuţită. În depărtare, văzu un al doilea tren care se apropia, cu fumul ieşind din coş. Lângă el, un băieţel alerga încercând să ţină pasul, întindea mâna, se împiedica, alerga din nou. Annie îi observă trăsăturile familiare: părul negru, pielea de caramel, cămaşa cu dungi, tocul de cowboy.

Stai. Tu eşti?

— Mai mic şi mai fraier, spuse băiatul.

Ce faci?

— Credeam că pot să zbor. M-am gândit: o să mă prind de trenul ăsta şi o să flutur ca un zmeu.

Ridică din umeri, apoi adăugă:

— Aveam doar şapte ani.

Băiatul care alerga mai făcu o fandare, dar nu reuşi. Încă puţin şi trecea şi ultimul vagon. Cu maxilarul încleştat, îşi făcu vânt din braţe şi încercă iară să sară. De data aceasta prinse cu degetele balustrada platformei din spate.

Dar numai preţ de o clipă.

Viteza trenului îi smulse braţul, lăsându-l pe băiat în noroi, ameţit şi ţipând, cu mâneca de la cămaşă îmbibându-se de sânge. Braţul retezat căzu pe şine. Se rostogoli pe pietrişul de pe jos, înroşindu-l.

Băiatul se uită la Annie şi zise:

— Am făcut buba.

DUMINICĂ, ora 10.30

Bărbatul pe nume Tolbert semnă o chitanță. Femeia din spatele ghișeului îi înapoie o copie.

— Gata, spuse.

Tolbert așteptă să-i fie adusă mașina soției. Mai devreme, acasă, trăsese de ea să se trezească.

— Mă întorc imediat, îi șoptise el.

— Hm?...

— Aveai un cauciuc dezumflat...

— Da?

— Trebuie să cumpăr unul nou.

— Bine... zisese ea și se rostogolise pe partea cealaltă. Să ai grijă.

Acum, în timp ce privea pereții atelierului auto, Tolbert se gândea la tinerii însurăței care se opriseră să-l ajute seara trecută. Mirele, care îi schimbase roata îmbrăcat în frac, zisese că fusese ideea soției sale. Ce tip de treabă! Și amuzant. Incidentul îl făcuse pe Tolbert să-și recapete încrederea în umanitate. Nu fusese întotdeauna așa.

Sosi un mecanic cu mașina.

— E ca nouă. Roata de rezervă e în portbagaj.

— Mulțumesc, spuse Tolbert.

După ce urcă în mașină, Tolbert luă telefonul mobil și apăsă numărul de apelare rapidă ca să-l sune pe Teddy, asistentul său.

Dar intră căsuța vocală.

Formă din nou numărul.

Același lucru.

Sună la birou.

Din nou căsuța vocală.

— La naiba, mormăi el. Afurisitul ăsta de puști.

Aruncă o privire în oglinda retrovizoare, apoi, în loc să se îndrepte spre casă, întoarse mașina și se îndreptă spre câmpul unde erau parcate baloanele. Încrederea sa în umanitate dispăruse din nou.

Lecția numărul unu

Annie se holbă la băiatul rănit, întins pe pietriș, căruia îi lipsea un braț și sângera abundent.

De ce-mi arăți asta? E îngrozitor.

— Mda, spuse Sameer, n-am plâns în viața mea ca atunci. Ziceai că-s lup.

Ai murit?

— Aș fi murit. Dar...

Arătă cu degetul, iar Annie văzu un cap ieșind pe fereastra trenului, o femeie în vârstă care purta ochelari negri în formă de ochi de pisică. Și-l trase repede înapoi.

Trenul încetini.

Din el săriră oameni.

Alergară la băiat.

Porni și femeia în fugă spre el.

Luă brațul retezat, își scoase jacheta și-l înfășură bine.

— Să trecem la următoarea parte, spuse băiatul. Scena asta e scârboasă.

Numai decât, se treziră într-o sală de așteptare a unui spital, unde bărbații fumau și femeile împleteau, iar revistele de pe măsuțe erau ridicate fără strâmbături din nas.

— Suntem în 1961, spuse băiatul. Aia e mama.

Arătă spre o femeie într-o haină roșie, care-și ținea mâinile la gură.

— Și tatăl meu, adăugă el, făcând semn spre un bărbat puternic, mustăcios, îmbrăcat într-un costum maro, cu părul negru ca al fiului său.

Piciorul stâng îi tremura nervos. Annie o văzu pe femeia din tren. Stătea într-un colț, cu brațele încrucișate peste bluză. Nu mai avea sacoul.

Când apăru un doctor, toată lumea se răsuci în direcția lui. Doctorul expiră și spuse ceva. Apoi zâmbi larg, iar mama și tatăl băiatului se îmbrățișară și se ridicară să-i strângă mâinile doctorului în semn de recunoștință.

Apoi totul păru să se desfășoare din ce în ce mai repede, ca atunci când derulezi un film înainte. Erau oameni cu camere de luat vederi și blițuri care explodau, mama și tatăl stăteau lângă băiețelul din pat.

— Am făcut istorie, îi spuse el lui Annie.

Istorie?

— Prima operație perfect reușită de reatașare a unui membru.

Zâmbi poznaș.

— Nu-i de colea pentru un fraier, nu?

Annie urmări scena derulându-se: băiatul luând geaca pe el, pozând cu o minge de fotbal, părăsind spitalul, totul surprins de fotografi și reporteri.

De ce văd toate astea?

— Pentru că tu și eu am trecut prin același lucru.

De unde știi?

— Ce să știu?

Ce mi s-a întâmplat mie.

— E simplu, spuse el și o apucă de singura mână pe care o avea. Eram acolo.

După aceea, o trase pe Annie pe un coridor al spitalului. Tavanul se ridică și ferestrele se întinseră ca un celofan.

— Tehnica folosită de medicii care m-au tratat pe mine a devenit un nou standard, spuse băiatul. Grație prostiei pe care am făcut-o eu alergând după un tren, mulți pacienți au fost vindecați după aceea.

Annie observă că vocabularul i se îmbogățise. Îi studie nasul îngust și bretonul des care îi cădea pe frunte liber și neîngrijit.

De ce vorbești așa de...?

— Cum?

Ca un adult?

Băiatul zâmbi.

— M-ai prins.

Dintr-odată, coridorul se cutremură și cei doi se răsuciră, aruncați de colo-colo ca și cum ar fi fost scuturați printr-un tub. Băiatul în cămașă cu dungi se transforma. Când căzură la loc, devenise un bărbat de vârstă mijlocie, cu părul negru dat pe spate, umerii largi și un piept lat care ieșea dintr-un halat alb de doctor.

Ce se-ntâmplă?

— Îți amintești versetul acela din Biblie? „Când eram copil, vorbeam ca un copil, simțeam ca un copil, gândeam ca un copil, când m-am făcut om mare..."[1], bla, bla, bla.

1 Corinteni 13:11-13 (n. tr.).

Ești doctor?

— Mă rog, am fost. Atac de cord. Tensiune mare. Să nu crezi niciodată că doctorii au grijă de ei mai mult decât o fac pacienții.

Trase de halat și făcu semn spre un ecuson.

— Cum ziceam, „Sameer". Sau, dacă preferi, Dr. Sameer. Titlurile par cam stupide pe-aici. Apropo, scuze că te-am făcut prostuță mai devreme. Am ales să te întâmpin în versiunea copil. Și era un copil cam nesuferit.

Annie se simți amețită. Abia putea ține pasul. Își dădu seama că era la un alt spital acum; coridoarele erau mai luminoase. Pe pereți erau postere mai noi.

Unde suntem?

— Nu-ți aduci aminte?

Cum aș putea să-mi amintesc? Nu e vorba despre amintirea ta?

— Amintirile se intersectează.

Alunecând pe un coridor, intrară într-un salon privat. Sameer se apropie de pacienta din pat, o fetiță cu bucle de culoarea caramelului, al cărei braț stâng era bandajat de la cot până la degete.

— Cum te mai simți, Annie? întrebă el.

În timp ce gura fetiței se mișcă, Annie simți că răspunde:

— Mi-e frică.

Annie face o greșeală

Are opt ani și se află în trenul spre Ruby Pier. E îmbrăcată cu pantaloni scurți și un tricou verde-limetă cu o rață desenată pe piept. Mama stă lângă ea, alături de cel mai recent iubit, Bob.

Bob are o mustață groasă care îi acoperă buza superioară. Tony, iubitul de dinaintea lui Bob, purta întotdeauna ochelari de soare. Dwayne, cel dinaintea lui Tony, avea un tatuaj la încheietura mâinii. Niciunul dintre iubiți nu vorbește cu adevărat cu Annie. Doar dacă îi întreabă ea ceva.

În tren, Bob o ia de mână pe mama și se joacă cu aceasta, dar ea îl respinge, făcând semn cu capul spre fiica ei. Annie se întreabă dacă asta înseamnă că mama nu-l place pe Bob.

Trec dincolo de intrarea de la Ruby Pier, cu turnuri, minarete și o arcadă uriașă. Annie privește îndelung la imaginea femeii, e îmbrăcată cu o rochie cu guler înalt și ține în mână o umbrelă de soare. E Ruby însăși, întâmpinându-și oaspeții în parcul ei. După plecarea tatălui, Annie și mama veneau des aici, doar ele două. Se dădeau în caruselul cu cai, beau răcoritoare și mâncau crenvurști. Era distractiv. Dar, în ultima vreme, au apărut iubiții. Annie ar vrea să fie ca înainte.

Mama cumpără douăzeci de bilete și o avertizează pe Annie să se țină departe de atracțiile pentru adulți, cum ar fi roller-coasterele sau turnul Freddy's Free Fall.

Annie încuviințează din cap. Știe regulile. Știe unde este chioșcul cu gustări. Știe despre mașinuțele bușitoare. Știe că mama va pleca cu Bob și se va întoarce abia la ora patru, întrebând: „Te-ai distrat, Annie?" Dar nu-i va păsa cu adevărat dacă Annie s-a distrat sau nu.

După-amiaza, soarele este fierbinte, iar Annie se așază sub o umbrelă. Este plictisită. Pe lângă ea trece bătrânul care repară tiribombele, cel cu un petic pe uniformă pe care scrie EDDIE și ÎNTREȚINERE. Se așază vizavi, uitându-se în jur ca și cum ar studia caruselele.

Annie se apropie, sperând că are sârme de curățat țevile în buzunar.

— Nu vă supăraaați, sunteți Eddie Întreținere?

El oftează.

— Doar Eddie.

— Eddie?

— A-ham.

— Îmi faci și mie?

Își împreunează mâinile ca într-o rugăciune.

— Zi, puștoaico. Că mai am și alte treburi azi.

Când ea îi cere să-i facă un animăluț, el începe să răsucească sârma galbenă pentru curățat țevile. Îi întinde o figurină în formă de iepure, pe care ea o ia bucuroasă și aleargă înapoi sub umbrelă.

O vreme se joacă cu iepurele. Dar curând se plictisește din nou. Este abia ora două. Se îndreaptă spre parcul de distracții și încearcă un joc, aruncă inele de lemn la țintă, spre niște sticle. O costă un bilet, dar primești un premiu orice ar fi.

După trei aruncări ratate, i se înmânează un mic pachet de plastic: înăuntru se află un avion din lemn de balsa. Annie potrivește piesele una în cealaltă. Îl aruncă în sus. Zboară în buclă. O face iară.

La ultima aruncare, avionul planează deasupra capetelor clienților și aterizează de cealaltă parte a unei balustrade, cea care blochează accesul spre baza turnului Freddy's Free Fall. Annie se uită într-o parte și în cealaltă. Adulții o întrec în înălțime.

Se strecoară pe sub balustradă.

Ridică avionul.

Apoi o femeie țipă.

Toată lumea arată spre cer.

DINTR-ODATĂ, totul capătă sens, cine era Sameer, de ce se aflau în acest spital. Sufletul lui Annie se afla în corpul ei de copil, întins pe patul de spital, privind prin ochi tineri. Mişcă din picioare. Purta şosete galbene de spital.

— Ai fost doctorul meu, şopti Annie.

— Îţi recapeţi vocea, spuse Sameer.

Annie tuşi, încercând să dea mai multă greutate cuvintelor.

— Am voce de copil.

— În ceruri trebuie să îţi croieşti calea.

— De ce retrăiesc toate astea?

— Pentru că toate se leagă între ele. Când am crescut, mi-am dat seama cât de norocos am fost. M-am făcut cuminte. Am învăţat. Am mers la liceu, apoi la facultatea de medicină. M-am specializat în reimplantare.

Annie miji ochii.

— Reimplantare?

— Un cuvânt sofisticat care înseamnă reataşarea părţilor corpului.

— Deci tu mi-ai salvat mâna?

— Eu şi alţi trei medici. Aveai la dispoziţie doar câteva ore. După aceea, ar fi fost prea târziu.

Annie privi lung tânăra ei mână bandajată.

— Nu reuşesc să-mi amintesc accidentul, spuse ea. Mintea mea a acoperit totul cu negură.

— E de înţeles.

— Şi îmi pare foarte rău, dar nu-mi amintesc de tine.

Sameer ridică din umeri.

— Mulţi copii nu-şi aduc aminte de doctorii lor. Începând cu cei care i-au adus pe lume.

Annie studie chipul matur din fața ei, obrajii lăsați din cauza vârstei, tâmplele pudrate cu alb. În ochii negri văzu umbra băiatului impulsiv.

— Dacă acesta este cu adevărat raiul, întrebă ea, de ce ești tu persoana care mă întâmpină? Nu ar trebui să-l văd pe Dumnezeu? Sau pe Isus? Sau măcar pe cineva de care îmi amintesc?

— E nevoie de timp, spuse Sameer. Dar primele cinci persoane pe care le întâlnești la început sunt alese cu un motiv. Când erai pe pământ, ți-au influențat viața într-un fel sau altul. Poate că le cunoșteai. Poate că nu.

— Cum să-mi influențeze viața dacă nici măcar nu le cunoșteam?

— A-ha.

Bătu din palme.

— Acum începe partea cu învățăturile.

Făcu un pas în jurul patului și se uită pe fereastră.

— Spune-mi, Annie. Oare lumea a început odată cu nașterea ta?

— Bineînțeles că nu!

— Corect. Nu cu a ta. Nu cu a mea. Cu toate acestea, noi, oamenii, acordăm atâta importanță timpului „nostru" pe pământ. Îl măsurăm, îl comparăm, îl punem pe mormintele noastre. Uităm că timpul „nostru" este interconectat cu timpul altora. Venim dintr-unul. Ne întoarcem într-unul. Doar așa are sens un univers interconectat.

Annie se uită la cearșafurile albe, la pătura albastră și la mâna acoperită de multe pansamente care se odihnea pe burtica ei de copil. Acesta fusese exact momentul în care viața ei încetase să mai aibă sens.

— Știai, continuă Sameer, că acum sute de ani se foloseau ghips și bandaj pentru a lipi nasurile la locul lor? Mai târziu, oamenii au folosit vinul și urina pentru a conserva degetele tăiate. Înainte de reimplantarea membrelor umane au reatașat urechile iepurilor. Nu cu mult timp înainte de nașterea mea, medicii chinezi care încercau să facă reimplantări încă foloseau ace pentru a căror pilire la dimensiunea necesară era nevoie de două zile. Oamenii spun, cu părere de rău, că, dacă cei dragi lor s-ar fi născut cincizeci de ani mai târziu, ar fi putut supraviețui cauzelor care i-au ucis. Dar poate că moartea lor a ajutat pe cineva să găsească un leac. Să alerg după acel tren a fost cel mai rău lucru pe care mi l-am făcut vreodată mie însumi. Dar doctorii care au avut grijă de mine și-au folosit cunoștințele pentru a mă salva. Iar eu le-am continuat munca prin ceea ce am făcut pentru tine. Pe mâna ta am încercat o tehnică nouă, experimentală, care să permită o mai bună circulație a sângelui prin artere. A funcționat.

Se aplecă și atinse degetele lui Annie, iar ea simți că iese din corpul de copil și revine la forma aproape invizibilă pe care o avusese înainte.

— Ține minte asta, Annie. Atunci când construim, construim pe umerii celor care au fost înaintea noastră. Iar când ne destrămăm, cei care ne-au precedat ne ajută să repunem fiecare bucățică la locul ei.

Își scoase halatul alb și-și descheie cămașa, suficient cât să poată scoate mâneca dreaptă. Annie văzu cicatrici vechi, cauzate de poznele copilăriei, acum estompate, de o nuanță alb-lăptos.

— Indiferent dacă mă cunoști sau nu, suntem parte unul din celălalt, Annie.

Își trase cămașa la loc.

— Sfârșitul lecției.

Annie simți furnicături. Îi reapăru mâna stângă. Pentru prima dată de când era în rai, simți durere.

— Nu va durea mult, spuse Sameer. E doar un memento.

— Al pierderii suferite? întrebă ea.

— Al atașamentului tău, răspunse el.

După aceea se întoarseră în locul dintre munții acoperiți de zăpadă și zgârie-norii masivi, unde ajunsese Annie prima dată în viața sa de apoi. O roată uriașă de cale ferată se desfășură înaintea lor, iar Annie văzu un tren îndreptându-se spre ei.

— Nu așa mi-am imaginat raiul, spuse ea.

— Păi, spuse Sameer, poți alege care să fie decorul tău etern. Eu eram obsedat de trenuri pe pământ. Nu m-am mai urcat niciodată într-unul. Dar aici nu ai de ce să te temi. Așa că am ales să schimb ceea ce mi se întâmpla când existam ca om. Iar acum merg cu trenul ăsta oriunde vreau eu.

Annie se uită la el cu privirea pierdută.

— Înțelegi? întrebă el. Acesta nu este raiul tău, ci al meu.

Trenul sosi. Ușile se deschiseră glisând.

— A sosit momentul plecării.

— Unde mergem?

— Nu „noi", Annie. Această etapă a raiului s-a încheiat pentru mine. Dar tu mai ai multe de învățat.

Bătu cu degetele în carcasa trenului și puse un picior pe treaptă.

— Noroc bun!

— Stai! zise Annie. Moartea mea. Încercam să-mi salvez soțul. Numele lui este Paulo. A supraviețuit? Atât îți cer. Te rog. Spune-mi dacă l-am salvat.

Motorul începu să toarcă.

— Nu pot, spuse Sameer.

Annie își plecă privirea.

— Dar vin şi alţii.

— *Care* alţii? întrebă Annie.

Trenul plecă pufăind înainte ca el să-i poată răspunde. Cerul deveni maroniu precum castanele. Apoi, tot ce o înconjura pe Annie fu aspirat în aer, revărsându-se înapoi în jos ca o furtună de particule de nisip.

O înconjura un vast deşert cafeniu.

Şi era singură.

Annie face o greșeală

Mâna îi este încă bandajată de la accidentul de acum trei săptămâni, iar brațul este susținut de o fașă. Se așază pe pat. Nu prea are cine știe ce de făcut. Afară nu are voie să iasă, iar mama, din nu se știe ce motive, a scos televizorul din priză și a tăiat cablul cu o foarfecă.

Annie se îndreaptă spre fereastră și o vede pe Lorraine în curtea din spate, fumând. Are niște hârtii în poală, dar se uită fix la sârmele de rufe de la casele vecine. Uneori, observă Annie, mamei îi e greu să se uite la ea. Poate că părinții vor ca odraslele lor să fie perfecte. Annie își studiază mâna stângă, umflată și grotescă. Or, ea nu mai este perfectă.

Aude ceva de la parter. Cineva bate la ușă. Ciudat. De obicei, oamenii sună la sonerie. Annie coboară treptele și aude din nou bătăile. Sunt ușoare, ezitante. Apasă pe clanță.

Pe verandă se află o femeie. E îmbrăcată cu un blazer roșu aprins, are buzele date cu ruj, iar machiajul gros ca o mască îi face pielea de o singură nuanță.

— Oh, uau, spune femeia. Ești Annie, nu-i așa?

Annie încuviințează.

— Ce mai faci, scumpo?

— Bine, murmură Annie.

— Ne-am făcut griji pentru tine.

— De ce?

Femeia, care zâmbește continuu, face un gest spre spatele ei, ca și cum ar împinge aerul cu palma.

— Tu știi ce norocoasă ești? întreabă ea.

— Eu nu mă simt norocoasă, spune Annie

— Nu? Ei bine, e de înţeles. Te mai doare braţul? Uite, vine şi prietenul meu. Poţi să-i spui, să ne spui, ce s-a întâmplat?

Annie nu pricepe. Vede un bărbat care se îndreaptă în grabă spre ele, purtând pe umeri o cameră mare de filmat. Îi vede şi pe alţii în spatele lui, alergând.

— Începe cu ceea ce îţi aminteşti, spune femeia. Te-ai dus la Ruby Pier şi...

Annie face un pas înapoi. Veranda s-a umplut de oameni care-i bagă camerele şi microfoanele în faţă. Dintr-odată, se simte smucită de cămaşă. Mama se aşază în faţa ei, împingând-o pe Annie în spate. Annie simte mirosul de fum de ţigară pe hainele mamei sale.

— Lăsaţi-ne în pace! strigă mama. O să chem poliţia! Jur că-i chem!

Apoi trânteşte uşa. Se-ntoarce furioasă spre Annie.

— Ce ţi-am spus eu ţie? NU trebuie să răspunzi la uşă! Niciodată! Oamenii ăia sunt nişte prădători! Să nu mai faci asta niciodată! Ai înţeles?

Annie începe să plângă.

— Iartă-mă... Iartă...

Mama începe să plângă. Annie fuge pe scări şi trânteşte uşa dormitorului. Aşa este acum. În fiecare zi, una dintre ele plânge. Annie urăşte asta. Îşi urăşte mâna. Îşi urăşte bandajele. Urăşte modul în care oamenii se comportă cu ea. Urăşte ce s-a întâmplat la Ruby Pier şi nici măcar nu-şi mai aduce aminte ce-a fost.

În dimineaţa următoare, mama o trezeşte foarte devreme.

— Haide, spune ea.

E îmbrăcată cu un palton.

— Plecăm.

Următoarea eternitate

Annie privi cum cerul se preschimbă, cum nuanţele devin mai întunecate, gri-închis şi cafeniu. Simţi înţepături în mâna stângă. Lejeritatea pe care o simţise la sosire dispăruse. Acum nu se mai simţea copil, ci mai degrabă ca o elevă, curioasă, ezitantă, de parcă creştea, deşi murise.

Singură în deşert, văzu o mică grămadă în depărtare, singurul lucru din acel peisaj de altfel arid. Se folosi de mâini pentru a se târî prin nisip.

Când grămada se apropie, Annie clipi ca să-şi confirme că era adevărat ce vedea: bine aranjate într-o stivă, în faţa ei se aflau două picioare, două braţe, un gât şi un trunchi.

Corpul ei făcut bucăţi.

Ce se întâmplă? se întrebă. Încercă să se apropie, dar, brusc, nu mai putu. Nisipul îi trecea printre degete ca vata pe băţ. Se uită în jur. O singurătate sufocantă începu să o cuprindă. Annie se simţise de multe ori aşa în anii de după accident, izolată, exclusă, incapabilă să facă lucruri. Dar de ce să se simtă aşa aici? Parcă raiul însemna sfârşitul tuturor durerilor, nu?

Rămase nemişcată timp îndelungat, până când din liniştea plată se auzi un zgomot distinct care se amplifică rapid, la început greu de recunoscut, apoi foarte ușor de recunoscut.

Imposibil, se gândi Annie. *Un lătrat de câine?* Da. Apoi un altul. Apoi o cacofonie de urlete și scheunături.

Annie se întoarse și văzu că nisipul se ridica provocând mici nori de praf în stânga și în dreapta ei. Se trezi înconjurată de o armată de câini – de toate rasele și mărimile – care lătrau bucuroși, apucând bucățile ei de corp și aruncându-le în aer.

Annie își duse mâinile la urechi.

— Încetați! strigă.

Vocea ei era mai gravă decât fusese când era cu Sameer, dar nu avu niciun efect asupra animalelor. Mârâiau și lătrau și împrăștiau nisip peste tot.

Din botul unui labrador maro atârna un picior de-al lui Annie.

— Nu! strigă Annie, trăgând de el. E al meu!

Un câine de vânătoare afgan, cu blana lungă și fină, trecu în fugă cu celălalt picior în gură.

— Dă-mi-l! strigă ea, smulgându-i-l.

Dintr-odată, ca la un semnal, câinii se strânseră și o luară la fugă spre orizont, luând cu ei și restul corpului lui Annie.

— Nu, așteptați! se auzi pe sine strigând.

Câinii se întoarseră spre ea, ca și cum ar fi îndemnat-o să-i urmeze. Annie scrută deșertul de altfel sterp. Trebuia să existe ceva aici care să-i ofere mai multe răspunsuri, nu doar asta. Așeză cele două picioare detașate în fața ei. Se concentră cu toată voința până când simți că stă în picioare.

— Haide! își spuse sieși.

Și începu să alerge.

A doua persoană pe care Annie o întâlnește în rai

De-a lungul secolelor, omul a creat nenumărate reprezentări ale vieţii de dincolo; puţine, dacă nu chiar niciuna, înfăţişează singur sufletul celui care a plecat. În ciuda modurilor în care ne izolăm pe pământ, în fericirea de apoi suntem întotdeauna alături de cineva: Domnul, Isus, sfinţii, îngerii, cei dragi. O viaţă de după moarte solitară pare inimaginabil de sumbră.

Poate tocmai de aceea Annie urmări haita de câini prin rai, fără să ştie unde o va duce. Merse în urma animalelor pe o pantă abruptă, peste o creastă şi apoi în jos, într-o vale. Cerul de deasupra ei se schimbă din nou, trecând de la culoarea muştarului la prună şi apoi la verde-pădure. Culorile acestea, toate culorile apărute pe firmament de la sosirea ei, reflectau emoţiile vieţii ei de pe pământ, erau reluate pe măsură ce viaţa aceea era reluată şi ea. Dar Annie nu avea de unde să ştie asta.

În schimb, continuă să urmeze câinii până când aceştia se desprinseră din haită şi se împrăştiară ca spiţele unei roţi. Terenul se împărţi într-o tablă de şah cu mici peluze verzi, fiecare cu câte o uşă de diferite modele, din lemn, metal, vopsită, colorată, unele moderne, altele vechi, unele dreptunghiulare, altele rotunjite în partea de sus. Câinii stăteau ascultători, câte unul în fața fiecărei intrări, ca și cum ar fi așteptat să intre cineva.

— Annie, șopti o voce slabă. În sfârșit.

Annie se răsuci și văzu o bătrână elegantă. Părea să aibă în jur de optzeci sau nouăzeci de ani, părul des și argintiu, nasul coroiat, bărbia înfundată și ochii mari și triști. Avea pe ea o haină de blană până la genunchi și un colier cu pietre colorate.

— Cine ești? întrebă Annie.

Femeia păru dezamăgită.

— Nu-ți aduci aminte?

Annie îi studie fața zâmbitoare, cu pielea încrețită și lăsată.

— Ești...

Femeia plecă din cap.

— ...a doua persoană cu care trebuie să mă întâlnesc?

— Da.

Annie oftă.

— Îmi pare rău, dar nici pe tine nu te cunosc.

— Ei bine, treceai printr-o perioadă grea când ne-am întâlnit.

— Când adică? Și ce făceam noi două? Dacă ai făcut parte din viața mea, de ce nimic din toate astea nu are sens pentru mine?

— Hmm.

Bătrâna începu să se plimbe de colo-colo, ca și cum ar fi cântărit opțiunile. Apoi se opri și arătă spre orizontul albastru. O mașină se îndrepta spre ele.

— Hai să mergem la o plimbare.

O clipă mai târziu, Annie se afla pe scaunul pasagerului. Era singură. Nu conducea nimeni mașina care trecea în viteză printre nori ca de vată și raze strălucitoare de soare. Bătrâna alerga pe lângă vehicul, uitându-se pe geam.

— Nu vrei să urci? strigă Annie.

— Nu, e în regulă! răspunse femeia, strigând la rândul ei.

În cele din urmă (deși Annie nu putea să măsoare timpul în rai – avea impresia că totul se întâmpla repede, deși parcă dura o veșnicie), mașina se opri. Annie coborî. Bătrâna stătea lângă ea, respirând anevoie. Lângă o parcare cu pământul bătătorit se afla o structură cu un singur etaj. Pe un panou alb-albastru scria ADĂPOST PENTRU ANIMALE, COMITATUL PETUMAH.

— Îmi amintesc această clădire, șopti Annie. De aici mi-am luat câinele.

— Așa este! spuse femeia.

— Cleo.

— A-ham.

— Aici a fost casa ta?

— Pe-atunci.

Bătrâna se așeză.

— Ce altceva îți mai amintești?

Annie își aminti următorul lucru: după ce trăiră toată viața în aceeași casă, pe aceeași stradă, ea și mama ei plecară brusc, se urcară pur și simplu în mașină și porniră în trombă, cu lucrurile împachetate în valize sau în saci mari de gunoi negri şi portbagajul închis cu o sfoară elastică.

Conduseră zile întregi, mâncând la benzinării sau la restaurante fast-food. Dormiră în maşină. Într-un final se opriră într-un stat numit Arizona, unde, pentru o vreme, locuiră într-un motel de pe marginea drumului, care avea mochetă verde pal şi lacăt la telefon.

După aceea, se mutară într-o rulotă. Era aşezată pe lespezi mari de ciment, într-un parc fără copaci, unde mai erau alte rulote. Acolo dormeau, mâncau, făceau baie şi îşi spălau hainele. Singurul lor contact cu lumea exterioară erau vizitele la un supermarket, la biblioteca locală (pentru a-i lua cărţi lui Annie) şi la un spital din apropiere, unde Annie mergea să îi fie înlocuite bandajele şi să i se ajusteze atelele. Annie încă nu-şi putea folosi mâna stângă; uneori nici măcar nu-şi simţea vârful degetelor. Se întreba dacă va trebui să facă pentru tot restul vieţii ce făcea acum, să care totul cu o singură mână, folosindu-se de cot pentru a ţine lucrurile deschise.

Între timp, noi reguli de viaţă fuseseră stabilite. Annie nu avea voie singură în parc. Nu avea voie să meargă în şosete (ca nu cumva să alunece). Skateboardul era considerat prea periculos, aşa cum erau şi căţăratul în copaci, şi majoritatea maşinăriilor de la locul de joacă. Singură în cea mai mare parte a timpului, Annie citea cărţile de la bibliotecă, ţinându-le în mâna stângă, cea slăbită, şi dând paginile cu dreapta.

Într-o dimineaţă, Lorraine o duse pe Annie la tribunal, unde trebuiră să semneze nişte acte.

— De ce? o întrebă Annie pe mama ei.

— Ne schimbăm numele.

— N-o să mai fiu Annie?

— Numele de familie.

— De ce?

— Nu contează.

— De ce?

— Îți explic mai încolo.

— Când?

Nu primi niciodată un răspuns. În schimb, luni întregi se scurseră în parcul de rulote, iar Annie se simțea din ce în ce mai tristă. În Arizona era tot timpul cald, iar oamenii din parcul de rulote erau bătrâni și plictisitori. Lorraine nu vorbea cu vecinii. Îi spuse lui Annie că nici ea nu avea voie. Noaptea, Annie o auzea pe mama plângând în dormitor. Ceea ce o înfuria pe Annie.

Eu sunt cea care a fost rănită, se gândea.

Era începutul unui resentiment mut. O făcea pe Annie să se simtă și mai singură, ceea ce-i sporea amărăciunea. Cu cât Lorraine plângea mai mult, cu atât mai puține lucruri găsea Annie să îi spună.

Pentru o vreme, cele două abia dacă își vorbiră. Împinsă de furie, Annie începu să sfideze regulile, strecurându-se afară când Lorraine era plecată. Citise într-o carte de la bibliotecă că poți sădi flori noi punând în pământ o frunză de la o alta. Așa că Annie își strecură o foarfecă sub tricou și tăie frunze din grădina unui vecin. Le puse în găuri mici săpate în pământ și le udă cu apă din pahare de plastic. Continuă așa timp de săptămâni întregi, așteptând un semn de viață. Dacă auzea o mașină apropiindu-se, se ascundea în rulotă.

Dar, într-o după-amiază, nu fu suficient de rapidă. Mama, care se întorcea de la serviciu, o văzu pe Annie închizând ușa rulotei.

A doua zi, o încuie pe dinăuntru.

O vreme lucrurile continuară astfel. Într-o seară, în timp ce mâncau în bucătăria minusculă a rulotei, era atât de liniște, încât Annie o auzea pe Lorraine cum mestecă.

— O să mă duc vreodată la școală? întrebă Annie.

— Pentru o vreme, nu.

— De ce?

— Trebuie să văd cum fac.

— Dar nu cunosc pe nimeni aici.

— Știu.

— Când mergem acasă?

— Nu mergem.

— De ce? Nu am niciun prieten! Vreau să merg *acasă*!

Mama lui Annie înghiți cu greu și se ridică în tăcere. Trânti farfuria în chiuvetă. Apoi se îndreptă spre dormitor, aflat la nici un metru distanță, și închise ușa.

În dimineața următoare, o trezi pe Annie devreme și-i pregăti omletă cu brânză rasă. O puse în farfuria lui Annie fără să spună nimic. Când Annie termină de mâncat, Lorraine o anunță:

— Mergem la o plimbare.

Ploua mărunt. Cât dură călătoria, Annie stătu cu brațele încrucișate pe piept, bosumflată. În cele din urmă, mașina ajunse într-o parcare neasfaltată unde era o clădire cu un singur etaj și un panou alb-albastru pe care scria ADĂPOST PENTRU ANIMALE, COMITATUL PETUMAH.

Se îndreptară spre spatele clădirii. Annie auzi lătrat de câini.

Făcu ochii mari.

— Ne luăm *câine*? întrebă ea.

Mama se opri din mers. Chipul îi era chinuit de emoţii. Îşi muşcă buza şi clipi repede să îndemne lacrimile înapoi.

— Ce ai, mami? întrebă Annie.

— Zâmbeşti, spuse mama.

În acea zi, Annie trecu pe lângă zeci de câini salvaţi de pe străzi sau care fuseseră abandonaţi. Îi privea cum săreau şi loveau cu labele în uşile cuştilor. Femeia care se ocupa de adăpost îi spuse lui Annie că poate alege orice câine doreşte, aşa că Annie îi studie cu atenţie. Se jucă cu mai mulţi, lăsându-i să o lingă pe obraji şi pe degete. La capătul unui rând, văzu o cuşcă cu trei căţeluşi albi cu pete maronii. Doi fugiră spre uşă, lătrând, sprijiniţi pe picioarele din spate. Al treilea rămase în spate. Avea la gât o pâlnie de plastic.

— Ce e aia? întrebă Annie.

— Un guler de protecţie, răspunse femeia. Se foloseşte pentru a împiedica animalul să muşte sau să lingă.

— Ce să muşte sau să lingă? întrebă Lorraine.

— Rana pe care o are. A avut nevoie de operaţie când am găsit-o.

Femeia zornăi din chei, apoi adăugă:

— O poveste tristă.

Lorraine puse mâna pe umărul lui Annie.

— Haide, scumpo, mai sunt şi alţii la care să te uiţi.

Dar Annie se hotărâse. Simţea ceva pentru această creatură, rănită aşa cum şi ea era. Înclină capul la fel cum îl înclinase căţelul. Îl chemă la ea ţuţuind din buze ca şi cum ar fi dat pupici. Câinele făcu un pas înainte.

— Vrei să te joci cu ea? întrebă femeia.

Mama lui Annie îi aruncă o privire iritată, dar femeia deschise ușa cuștii.

— Hai, Cleo, spuse ea. Cineva vrea să te cunoască.

În timp ce Annie îi relată această poveste bătrânei, imaginea apăru în fața lor. Proprietăreasa adăpostului avea părul lung, cu nuanțe argintii și purta blugi albaștri, adidași negri și o cămașă decolorată de flanelă. Zâmbi în timp ce îi dădu câinele cu zgardă lui Annie.

— Tu ești? întrebă Annie.

— Da, răspunse bătrâna.

Annie privi în jur.

— Mama unde este? Ea m-a adus aici.

— Acesta este raiul tău, Annie, și locul în care se intersectează cu al meu. Alții nu sunt incluși.

Asta o făcu pe Annie să ezite. Dar își făcu curaj.

— Ți-am făcut cumva ceva?

— Ei bine, da.

— Sunt aici ca să plătesc?

— Să plătești?

— Pentru greșelile mele. Oricare ar fi ele.

— De ce crezi că e vorba despre o greșeală?

Annie nu-i spuse la ce se gândea: că toată viața ei făcuse greșeli.

— Povestește-mi despre Cleo, spuse bătrâna.

Adevărul era că vreme de aproape un an, Cleo, pe jumătate beagle, pe jumătate Boston Terrier, fu singurul tovarăș al lui Annie. Lorraine nu reușise să găsească decât un loc de muncă cu jumătate de normă, lucra în tură de zi la o fabrică de piese auto; când Annie se trezea, ea era deja plecată și nu se întorcea decât după-amiaza. Annie ura să fie nevoită să-și sune mama în fiecare dimineață ca să-i spună că a luat micul-dejun. Ura mai ales să închidă și să rămână singură. Sosirea lui Cleo însemna, în sfârșit, o altă ființă prezentă în rulotă – o ființă blănoasă, înaltă vreo treizeci de centimetri, cu urechi maro și cu un bot care părea că zâmbește.

În acea primă zi după vizita la adăpost, Annie pregăti un bol de cereale pentru ea și un bol de bobițe pentru noul ei cățel. O privi pe Cleo cum se chinuia să mănânce cu gulerul acela ciudat. Rana de la operația de lângă umăr era încă roșie. „Cum i s-a întâmplat asta?" se întrebă Annie. „S-a lovit de ceva ascuțit? A atacat-o un alt câine?"

Cleo scâncea când gulerul îi bloca accesul la mâncare. Annie nu avea voie să i-l scoată, mama i-o repetase de șase ori. Dar câinele se uita la Annie ca și cum o implora să-l ajute, iar lui Annie i se făcu atât de milă, încât se aplecă și, cu mâna cea bună, îi desfăcu închizătoarea. Cleo se năpusti asupra bolului.

După ce dispărură toate bobițele din castron, Annie se bătu ușor cu mâinile pe coapse, iar Cleo porni în fugă spre ea. Se urcă în poala lui Annie și îi mirosi degetele fixate în atelă. Ori de câte ori îl îndepărta, câinele revenea la rana lui Annie, lingând-o și împungând-o cu botul.

— Vrei să vezi? întrebă Annie.

Își scoase brațul din eșarfă. Cleo îi linse pielea de pe încheietura mâinii și scânci. Annie simți un fior pe dinăuntru. Era ca și cum câinele înțelegea mult mai mult decât ar fi trebuit să înțeleagă un câine.

— Încă mă doare, șopti Annie. Și nici măcar nu știu ce am făcut.

Își dădu seama că plângea. Poate pentru că spusese cuvintele acelea cu voce tare. *Nici măcar nu știu ce am făcut.* Cu cât Annie plângea mai mult, cu atât mai tare scâncea și câinele, ridicând botul ca să-i lingă lacrimile.

— Știai, spuse acum bătrâna, stând alături de o Annie devenită adult, că un câine se duce mai degrabă la un om care plânge decât la unul care zâmbește? Câinii se întristează atunci când oamenii din jurul lor se întristează. Așa sunt ei făcuți. Se numește empatie. Și oamenii o au. Dar e blocată de alte lucruri: de ego, de autocompătimire, de gândul că trebuie să te ocupi mai întâi de propria durere. Pentru câini nu este așa.

Annie se privi pe sine copilă frecându-și obrazul de botul cățelului.

— Eram atât de singură, șopti Annie.

— Mi-am dat seama.

— Pierdusem tot ceea ce mi-era familiar.

— Îmi pare rău.

— Tu te-ai simțit vreodată așa?

Doamna în vârstă încuviință.

— O singură dată.

— Când? întrebă Annie.

Femeia arătă spre fereastra rulotei.

Annie se ridică pe vârfuri. Nu putea să vadă partea exterioară. În schimb, prin geam, văzu o cameră întunecată dintr-o casă abandonată. Nici urmă de mobilă. Un geam era spart. Peretele din spate era acoperit cu un graffiti. Într-un colț, Annie văzu o pereche de ochi, abia luminați. Annie înțelese că era o cățea cu pui, întinsă pe podeaua murdară, înconjurată de cățeluși care-și băgau botul în abdomenul ei.

— A fătat cu o săptămână mai devreme, spuse bătrâna.

— De ce se află în această casă?

Înainte ca bătrâna să poată răspunde, ușa se deschise. Doi bărbați în tricouri, blugi și cizme, unul cu o căciulă de schi, intrară în încăpere, ținând în mână cutii de bere. Făcură un pas înapoi când auziră mârâitul cățelei cu pui.

Bărbatul care avea căciula de schi se clătină preț de o clipă.

Apoi scoase un pistol de la spate, ascuns în betelia pantalonilor.

— Nu..., șopti Annie.

Bărbatul trase trei focuri, fiecare glonț creând o mică explozie de lumină portocalie. Cei doi râseră. Mai luară câte o gură din dozele lor de bere, apoi traseră din nou. După alte cinci focuri de armă, ieșiră pe ușă.

— Ce s-a întâmplat? întrebă Annie. *Ce-au făcut*?

Bătrâna își întoarse privirea. Annie auzi râsete înăbușite venind de afară; din colț, se auzeau scâncete ascuțite. Văzu cățelușii cum își mângâiau mama, acum fără viață. Pe chipul lui Annie începură să se scurgă lacrimi.

— Au omorât-o?

— Și pe câțiva dintre pui, spuse bătrâna. Trei au supraviețuit.

— Biata cățea.

— Da. Atunci a fost ultima dată când am văzut-o.

Annie clipi.

— Ce-ai zis?

Femeia trase în jos gulerul hainei și se aplecă în față pentru a dezvălui la umăr o rană veche de glonț. Atinse obrajii înlăcrimați ai lui Annie.

— Am plâns pentru tine. Iar tu plângi pentru mine.

Annie face o greșeală

Își trage un tricou pe cap și îi pune lesa lui Cleo.

— Hai să mergem, fetițo.

Au trecut opt luni de la accident. Pansamentele au dispărut de pe mâna lui Annie. La fel și gulerul de plastic al lui Cleo. Rana lui Cleo este acum acoperită de blană nou-crescută. Dar mâna lui Annie este acoperită de cicatrici roșii și decolorată din cauza circulației deficitare. Deseori, degetele i se îndoaie involuntar, făcându-i mâna să arate ca o gheară. Annie își dorește să-i crească și ei blană peste cicatrici, ca lui Cleo.

— Acum urmează-mă, spune Annie, urcând pe bicicletă. Să nu alergi înainte.

Nu are voie să meargă cu bicicleta fără mama ei. Nu are voie să o ducă pe Cleo dincolo de parcul de rulote. Dar singurătatea a făcut-o să fie descurcăreață. Și vrea să vadă ceva.

— Haide, fetițo. Pornim...

În timp ce pedalează, câinele se joacă pe lângă ea; în mare parte din timp ține ghidonul cu o singură mână, e o abilitate pe care și-a dezvoltat-o. Trec printr-o mică zonă împădurită, pe o stradă și dincolo de niște garduri vii. Annie se oprește și își așază bicicleta pe suport.

Coboară un deal, cu Cleo lângă ea. Ajung la un gard și Annie își bagă degetele printre ochiuri.

În fața ei se află o școală. Mai e puțin și începe pauza. Annie știe asta. A mai fost aici.

Sună un clopoțel și copiii se revarsă pe ușă. Se împrăștie în jurul leagănelor. Unii bat mingea. Sunt zgomotoși și veseli. Annie se ghemuiește mai jos. Zărește două fete care par de vârsta ei, rătăcind pe partea laterală a clădirii. Una dintre ele are părul blond și drept, e îmbrăcată cu o pereche de blugi negri și niște adidași roz. Ce n-ar da să aibă și ea adidași roz!

— Stai aici, îi șoptește Annie.

Înfășoară lesa lui Cleo în jurul gardului. Cleo scâncește, dar Annie spune „Șșșt!" și se îndepărtează pe vârfuri.

Pornește de-a lungul gardului. Ocolește un petic unde pământul este acoperit cu compost, ud de la un aspersor. Acum le vede pe cele două fete, sprijinite de peretele școlii. Una dintre ele scoate ceva din buzunar și îl aplică pe gura celeilalte. Ruj? Curioasă, Annie se urcă în vârful unui ciot de copac ca să vadă mai bine. Fetele se uită în ceva și se strâmbă – o oglindă, poate? –, iar Annie se întreabă ce culoare are rujul.

Dintr-odată, fetele se întorc spre ea și Annie își pierde echilibrul. Cade și aterizează pe mâna rănită. Un val de durere o străbate. Își mușcă buza de jos. Compostul umed i se lipește de brațe. Nu se mișcă, de teamă că fetele s-ar putea apropia.

Apoi, în cele din urmă, clopoțelul sună și vocile dispar. Annie se ridică încet, cu încheietura mâinii pulsând, și se îndreptă cu greu spre locul unde o lăsase pe Cleo.

Dar, când ajunge acolo, câinele nu mai este.

Inima începe să-i bată cu putere.

— Cleo? strigă ea. Cleo?

O ia la fugă de-a lungul gardului. Nimic. Se întoarce în fugă. Nimic. Aleargă pe deal până la bicicleta ei. Nimic. Își petrece următoarea oră învârtindu-se pe aceleași străzi, cu lacrimile arzându-i ochii, strigând numele lui Cleo, rugându-se să-i audă lătratul.

În cele din urmă, știind că mama se va întoarce curând, pedalează spre casă, plângând. Când ajunge la rulotă, se oprește brusc. Oftează ușurată. Cleo e acolo, așteaptă lângă ușă, cu lesa unduindu-i-se pe jos ca un șarpe din piele.

— Oh, Cleo, vino aici! spune Annie, în timp ce câinele aleargă spre ea, sare în brațele ei și îi linge compostul de pe brațe.

„E mai bine așa”, se gândește Annie, „un câine care mă iubește, un câine care se bucură să mă vadă, mai bine decât fetele alea și rujul lor stupid, mai bine decât orice”.

Lecția numărul doi

Annie se uită lung la bătrâna în haină de blană.

— Vrei să spui că?...

— Sunt Cleo.

— Dar ești *femeie*.

— M-am gândit că sub forma asta va fi mai ușor.

— Proprietăreasa adăpostului. Te-am întrebat dacă tu erai aceea...

— Mă ținea în brațe. Ai întrebat dacă „aceea" eram eu. Sau cel puțin așa am înțeles. Scuze. Se întâmplă adesea să considerăm că lucrurile sunt despre noi, când nu este așa.

Annie studie pielea lăsată a femeii, nasul coroiat, dinții lipsă.

— Cleo, șopti ea.

— Da.

— Comunicăm.

— Întotdeauna am comunicat. Îți dădeai seama când îmi era foame? Când eram speriată? Când aveam nevoie afară?

— Bănuiesc că da, spuse Annie. Și tu? Înțelegeai când vorbeam cu tine?

— Nu cuvintele. Ci intenţiile tale. Câinii aud altfel decât oamenii, noi detectăm emoţiile din vocea voastră. Furia, frica, bucuria, tristeţea, toate acestea se pot distinge în tonul vocii. Ştiam cum îţi era ziua după mirosul pielii tale. Ce ai mâncat. Când ai făcut duş. Când îţi dădeai cu parfumul mamei tale pe la încheieturi. Ţi-aduci aminte? Te furişai în camera ei, te aşezai lângă oglindă şi-mi întindeai mâna să o miros?

Annie se uită fix în ochii lui Cleo, încercând să îşi imagineze restul, blana ei ca de cacao, urechile subţiri şi pletoase. Îşi aminti lucrurile pe care Cleo şi le amintea. Îşi aminti cum a îmbătrânit Cleo. Îşi aminti până şi ziua în care Cleo murise, când se dusese la cabinetul veterinar cu maşina mamei, cu Cleo care respira încet în poala ei. Dar nu ştia ce importanţă puteau avea acum aceste amintiri.

— De ce eşti aici, Cleo? întrebă Annie.

— Ca să te învăţ ceva. Fiecare suflet pe care îl întâlneşti în rai face acelaşi lucru.

— Deci animalele au suflet?

Cleo păru surprinsă.

— De ce să n-aibă? întrebă ea.

Peisajul se schimbă brusc. Ieşiseră din rulotă, departe de casa abandonată. Acum pluteau într-un cer de un verde pal, deasupra a ceea ce părea a fi o saltea uriaşă, cu cearşafuri portocalii şi perne roz care semănau cu nişte dealuri mici.

— Stai, spuse Annie. Acesta este vechiul meu pat...

— Aşa este.

— Este imens.

— Ei bine, aşa mi se părea mie. Trebuia să fug şi să sar când mă chemai.

— De ce ai...

— Singurătatea, Annie. De-asta mă aflu aici, să-ți explic. Ai suferit din cauza singurătății. Te-ai torturat din pricina asta. Dar nu ai înțeles niciodată.

— Ce e de înțeles în a fi singur? răbufni Annie. E îngrozitor.

— Nu întotdeauna. Te-ai gândit că, dacă nu te-ai fi simțit atât de singură, nu m-ai fi ales pe mine la adăpost? Sau că nu mi-ai fi dat jos gulerul ca să pot mânca în acea primă dimineață? Singurătatea ta mi-a oferit un cămin. Și fericire. Ții minte ce spuneam despre empatie? Funcționează în ambele sensuri. Eram rănită. Diferită. Și tu te-ai simțit...

Annie își privi mâna stângă, care era desprinsă.

— Rănită, șopti ea. Diferită.

— Și mai cum?

— Singură.

Femeia făcu un semn din cap spre pernele uriașe, iar Annie văzu o mie de nopți din copilăria ei, în care își legănase iubita companioană.

— Singură nu, spuse Cleo.

Peisajul se schimbă din nou, revenind la peluza în formă de tablă de șah pe care Annie o văzuse mai devreme și la nenumărații câini care așteptau răbdători lângă uși.

— Te-ai gândit vreodată câte viețuitoare există pe pământ? întrebă Cleo. Oameni. Animale. Păsări. Pești. Copaci. Te face să te întrebi cum e posibil să se simtă cineva singur. Și totuși, oamenii așa se simt. E păcat.

Privi spre cerul care acum căpătase o nuanță de violet-închis.

— Ne temem de singurătate, Annie, dar singurătatea în sine nu există. Nu are formă. Este doar o umbră care cade asupra noastră. Şi aşa cum umbrele dispar atunci când se schimbă lumina, acest sentiment trist poate dispărea când reuşim să vedem adevărul.

— Şi care este adevărul? întrebă Annie.

— Că sfârşitul singurătăţii este atunci când cineva are nevoie de tine.

Bătrâna zâmbi şi adăugă:

— Iar lumea are atâta nevoie.

Cu aceste cuvinte, se deschiseră toate uşile de pe toate peluzele, lăsând să se vadă nenumăraţi oameni cu feţe posomorâte, copii în cârje, adulţi în scaune cu rotile, soldaţi în uniforme murdare, femei văduve acoperite de văluri. Annie simţi că toţi aveau nevoie de alinare într-un fel sau altul. Câinii săriră pe ei, dând din coadă. Îi linseră şi-şi împinseră boturile în oamenii aceia trişti şi, drept răspuns, fură îmbrăţişaţi şi mângâiaţi. Feţele posomorâte dispărură, transformându-se în zâmbete de recunoştinţă.

— Acesta este raiul meu, spuse Cleo.

— Să priveşti oamenii întorcându-se acasă? întrebă Annie.

— Să simt bucuria sufletelor care se reunesc. E un sentiment divin.

— Dar se întâmplă în fiecare zi.

Cleo înclină capul.

— Şi nu se întâmplă lucruri divine în fiecare zi?

Annie privi reîntâlnirile fericite cu o urmă de regret. Viaţa de apoi, în mod clar, era plină de alte fiinţe, putea înţelege asta acum. Dar viaţa ei de apoi însemna să fie fără Paulo, omul pe care-l iubea cel mai mult. Cum să fie vreodată fericită?

— Annie, ce s-a întâmplat?

— Soțul meu. Am încercat să-l țin în viață. Nu știu dacă am reușit. Tot ce-mi amintesc este sala de operație, mâinile doctorului pe umerii mei, el spunându-mi: „Ne vedem curând." Și apoi, nimic.

Annie abia putu să vorbească din cauza emoției.

— Nu mă deranjează să mor atâta vreme cât Paulo trăiește. Spune-mi doar că moartea mea nu a fost în van.

Bătrâna zâmbi.

— Nicio faptă făcută de dragul altcuiva nu este vreodată în van.

După aceea, Cleo făcu semn cu capul către o ultimă ușă, iar când aceasta se deschise, Annie se văzu pe ea, la nouă ani, sărind de pe bicicletă și alergând s-o îmbrățișeze pe Cleo în ziua în care crezuse că a pierdut-o.

În același timp, bătrâna se aplecă spre Annie. O căldură bruscă se revărsă prin degetele și palmele lui Annie. Îi reapărură încheieturile mâinilor, apoi coatele, bicepșii și umerii.

— Brațele mele, se minună Annie. Mi-au revenit.

— Ca să ții în brațe ceea ce iubești, șopti Cleo.

Apoi, în îmbrățișarea cea nouă a lui Annie, corpul de femeie al lui Cleo se micșoră. Haina se strânse, transformându-i-se în blană. Picioarele i se micșoară. Urechile și botul i se alungiră. Se arătă sub forma cățelușul care fusese pe pământ și oftă când Annie o ridică în brațe și-i spuse:

— Iată-te. Cleo. Cleee-o!

Mintea lui Annie fu inundată de amintiri: Cleo alergând pe lângă bicicleta ei, Cleo furându-i pizza din farfurie, Cleo rostogolindu-se când o gâdila pe burtă. Simţi o bucurie pe care nu o mai încercase de ani întregi. După atâta timp, după toate dezamăgirile şi durerea, Annie îşi ţinea din nou în braţe căţelul. Poate că avea dreptate Cleo, poate că reuniunile acestea erau un act divin.

— Fetiţă cuminte, şopti Annie, simţind o limbă recunoscătoare atingând-o pe obraji. Fetiţă cuminte.

Închise ochii pentru a se bucura de senzaţia aceea cunoscută.

Când îi redeschise, mâinile îi erau goale, iar ea era din nou singură în deşert.

DUMINICĂ, ora 11.14

Tolbert era furios. Îl suna pe Teddy, asistentul său, de aproape o oră. Niciun răspuns.

De ce nu răspunzi la telefon? Dacă era un client? Tolbert se jură că-l va concedia pe Teddy de cum va da cu ochii de el, chiar dacă nu era ușor să găsești piloți de baloane în vremurile acelea.

Tolbert însuși ajunsese să se ocupe de baloane târziu, la vârsta de 52 de ani, după ce se retrăsese din cariera sa militară. Fusese pilot de tânăr și, chiar și atunci când i se spusese că este prea bătrân pentru a zbura, își păstrase interesul pentru aviație. Balonul nu era tocmai un avion de vânătoare, dar îi permitea să zboare pe cer și să se folosească de experiența căpătată: analiza vântului și a vremii, inspecția echipamentelor. Iar lui Tolbert îi plăcea faptul că putea să lucreze de unul singur.

Ei bine, aproape, își zise el acum, gândindu-se la cât de iresponsabil se dovedise Teddy, *aproape de unul singur*.

Viră cu mașina soției sale pe un drum neasfaltat, la câțiva kilometri de hambarul în care erau depozitate echipamentele și baloanele. Tresări. Apoi frână brusc.

În fața lui se aflau patru mașini de poliție care blocau drumul, cu luminile aprinse.

Un ofițer îi făcu semn lui Tolbert să intre.

Următoarea eternitate

Vântul puternic spulberă nisipul deşertului, iar Annie simţi că se ridică în nişte spirale stacojii şi trandafirii. Se învârti ca un ceas de buzunar pe un lanţ. Şi, pentru prima dată de când era în rai, Annie se împotrivi. Se zbătu ca şi cum ar fi încercat să se desprindă de un cârlig. Picioarele îi reveniseră şi le folosi ca să lovească din ele, până când, cu o ultimă lovitură, se desprinse şi căzu.

Se prăbuşi prin aer şi printre nori de culoarea coralului, până când zări sub ea o insulă mare şi roz, cu cinci peninsule care ieşeau din ea ca nişte spiţe. Se pregăti să simtă un impact puternic, dar în ultima clipă se răsuci şi ateriză uşor pe spate.

Era întinsă în zăpadă roz.

— Hei! strigă Annie cu o voce care avea un timbru de adolescentă. E cineva aici?

Mişcă din braţe şi din picioare să se asigure că totul funcţiona. Se ridică în picioare. Annie se simţea mai în vârstă acum, mai puternică; era ca şi cum corpul ei pământesc se reconstruia pe măsură ce înainta în rai. Gândurile i se maturizau şi ele. O cuprinse o nelinişte, o nerăbdare de tânăr adult. Voia răspunsuri.

Privi în jos, la suprafaţa roz îngheţată.

Amprenta ei crease un înger de zăpadă.

Annie aruncă o privire în jur. Venea cineva să o întâmpine? Începu să meargă, apoi să alerge, apoi să fugă, ridicând din genunchi ca să scuture zăpada. Își aminti de iernile din copilărie și, deodată, purta vechea ei geacă fucsia, cizmele de blană și pantalonii negri de schi, ca și cum amintirea o îmbrăcase.

Zăpada se întindea cât vedea cu ochii. Cerul era brăzdat de dungi de lumină de culoarea scorțișoarei. Annie alergă spre peninsule până când se simți epuizată. Închise ochii să-și adune gândurile.

Când îi deschise, văzu îngerul de zăpadă din nou în fața ei. Numai că, de data aceasta, în locul unde ar fi trebuit să fie capul, se vedeau doi ochi care priveau în jur.

Annie se mișcă într-o parte. Ochii o urmăriră.

— Ești aici pentru mine? întrebă Annie timid.

— Ești aici pentru mine? se auzi un ecou.

Annie privi în jur.

— Te cunosc? zise Annie.

— Te cunosc? se auzi ecoul din nou.

Annie se aplecă și miji ochii. Ochii se mijiră la rândul lor. Annie se retrase. Vedea acești ochi în fiecare zi în oglindă.

— Tu ești... eu? întrebă Annie.

Niciun răspuns.

— Spune ceva.

Ochii priviră țintă în sus.

— La ce te uiți?

Când pronunță cuvintele acestea, zăpada roz se cutremură și cele cinci peninsule se încolăciră ca niște degete. Annie își dădu seama că nu se afla pe o insulă, ci în palma unei mâini uriașe.

— Bună, scumpa mea.

Annie tremură. „Nu", se gândi ea, recunoscând imediat vocea. Își ridică privirea în direcția în care priveau ochii îngerului, iar cerul prinse forma celui mai familiar chip din viața ei.

— Mami? șopti Annie. Tu ești?

Annie face o greșeală

Are doisprezece ani. Începe gimnaziul. Speră că va fi mai bine decât la școala primară. Când Lorraine a înscris-o, în cele din urmă, pe Annie, clasa a treia era deja la jumătate. Annie era „copilul cel nou". În prima ei zi, când profesoara a distribuit rechizitele pentru desen, pentru că nu putea să le țină bine cu mâna stângă, Annie le-a scăpat în fața tuturor. Ceilalți copii au râs.

— Hei, copii, i-a avertizat profesoara, doar pentru că un elev este diferit, nu înseamnă că trebuie să vă comportați diferit cu el.

Dar Annie știa că acele cuvinte erau o invitație să facă exact pe dos de cum li se spusese. A devenit și mai conștientă de condiția ei.

Cu trecerea săptămânilor, a încercat să-și facă prieteni, folosindu-se uneori de daruri. Fura de acasă pungi de fursecuri cu ciocolată și le împărțea în timpul pauzei. Într-o zi, a auzit niște fete vorbind despre figurinele cu Ștrumfi și, când s-a dus la magazin cu mama ei, a furat o cutie, ascunzându-o sub tricou. Le-a dăruit și pe acelea – până când un profesor a observat și a sunat-o pe mama lui Annie, care s-a simțit oripilată, a târât-o pe Annie înapoi la magazin și a obligat-o să-i ceară scuze managerului.

Pe tot parcursul clasei a patra și o mare parte din clasa a cincea și a șasea, Annie a trebuit să poarte atele pentru a-i ține degetele drepte. Cicatricile urâte și purpurii atrăgeau privirile, iar Annie a căpătat obiceiul de a-și ascunde mâna stângă ori de câte ori putea – la spate, în buzunarul de la jachetă, protejată de un caiet. Purta adesea bluze cu mânecă lungă în ciuda căldurii din Arizona.

Mama a insista să-și facă exercițiile de recuperare de mai multe ori pe zi, punând-o să-și atingă fiecare deget cu degetul mare, ca și cum ar fi format semnul OK. Le făcea când stătea în bancă, sperând că nimeni nu va observa, până într-o zi, când s-a certat cu o fată pe nume Tracy.

— OK, Annie, OK! a strigat Tracy, imitând gestul cu mâinile.

Ceilalți copii au râs. Așa i-a rămas porecla: „OK Annie." Majoritatea copiilor îi spuneau așa acum.

Paulo – băiatul pe care îl cunoscuse jucând Capra – nu a făcut-o niciodată. Annie se simțea în siguranță în preajma lui. Zâmbea mult și părea sigur de sine. Într-o zi, la cantină, s-a aplecat și i-a luat mâna într-a lui, fără să o întrebe.

— Nu e așa rău cum crezi tu, a zis.

— E scârboasă, a răspuns ea.

— Am văzut chestii și mai urâte.

— Unde?

— Am văzut o poză cu un tip care a fost atacat de un urs. Aia chiar era scârboasă.

Annie mai să râdă.

— Eu n-am fost atacată de un urs.

— Nici n-aveai cum. În Arizona nu sunt urși.

De data aceasta, Annie chiar a râs.

— Ai schimba-o la loc? a întrebat Paulo.

— Adică să fie iar normală?

— Da. Dacă ai putea.

— Glumeşti? Normal că da.

— Nu ştiu.

A ridicat din umeri şi a adăugat:

— Te face diferită.

„Tocmai asta e problema", s-a gândit Annie. Cu toate acestea, a apreciat compasiunea lui Paulo. Pe măsură ce se cunoşteau, a aflat că îi plăceau fotbalul şi chestiile legate de cosmos. Odată, când s-a dus la bibliotecă, Annie a răsfoit cărţile de astronomie până a găsit una care conţinea un capitol despre aurorele boreale, un subiect despre care el vorbea foarte des. A doua zi, înainte de ore a pus cartea pe banca lui Paulo.

— Uite ce am găsit, a spus ea.

Buzele băiatului s-au curbat într-un surâs.

— Ce?

— Ceva ce citesc acum.

A deschis la capitolul respectiv, iar Paulo a făcut ochii mari şi a spus:

— Incredibil!

Annie a simţit un fior cald pe dinăuntru şi a împins cartea spre el.

— Pentru tine.

— N-ai zis că o citeşti tu acum?

— Pot să o citesc când termini.

— Super, a spus el, luându-o, apoi a adăugat: Mulţumesc mult, Annie.

Nu OK Annie. Doar Annie.

Acum, că cei doi sunt la gimnaziu, Annie speră să îl poată vedea mai des pe Paulo, dar mama ei continuă să-i controleze fiecare mișcare. O aduce pe Annie în fiecare dimineață cu mașina și o așteaptă în fața intrării principale în fiecare după-amiază, claxonând. Annie își lasă capul în jos și se îndreaptă țeapănă spre mașină, sigură că aude râsul celorlalți copii.

Într-o zi, după ore, Annie stă în holul din față și se uită prin geam. Un grup de fete drăguțe se află chiar afară, toate au rucsacuri mov pe umeri. Annie ezită. Nu vrea ca mama ei să claxoneze când fetele acestea sunt prin preajmă.

— Aștepți să plece? spune Paulo.

Annie își ridică privirea, înroșindu-se în obraji.

— E așa de evident?

— Hai. Vreau să vorbesc cu mama ta.

Paulo iese pe ușă înainte ca Annie să poată reacționa. Pășește sigur pe el, în timp ce Annie se grăbește să țină pasul. Vede că fetele cu ghiozdanele mov se holbează.

Când ajunge la mașină, Paulo se apleacă spre geam și îi întinde mâna.

— Bună ziua, doamna mama lui Annie, eu sunt Paulo.

Lorraine ezită.

— Bună, Paulo.

— Acum, că suntem la școala asta nouă, pot să o însoțesc eu pe jos pe Annie acasă, să nu mai trebuiască să o luați cu mașina în fiecare zi. Nu locuiesc prea departe de voi.

Inima lui Annie bate repede. „Paulo vrea să mergem împreună acasă?"

— Mulţumesc, Paulo, spune Lorraine. Dar nu e necesar. Haide, Annie, avem treabă.

Annie nu vrea să plece. Nu vrea să deschidă portiera. O face Paulo pentru ea. Annie se strecoară încet înăuntru şi, fără tragere de inimă, îl lasă să o închidă.

— Dacă vă răzgândiţi..., spune Paulo.

Cele două pleacă cu maşina.

— La revedere! strigă el.

Annie simte că o frig obrajii. Îşi dorea din toată inima să facă aşa cum propusese Paulo, dar mama ei respinsese ideea fără să stea pe gânduri.

— De ce ai fost atât de rea cu el? răbufneşte Annie.

- Cum adică? N-am fost rea.

— Ba da, ai fost!

— Annie...

— Ai fost!

— E doar un băiat...

— Doamne, mamă! De ce trebuie să mă supraveghezi tot timpul? M-am săturat de tine! Mă tratezi ca pe un bebeluş! Din cauza ta nu am niciun prieten!

Mama ei îşi strânge buzele ca şi cum şi-ar reprima ceva ce ar vrea să strige. Îşi mută mâinile pe volan.

— Fă-ţi exerciţiile, spune ea.

A treia persoană pe care Annie o întâlnește în rai

— Mama? șopti Annie.

Chipul mamei sale umplu tot cerul. Era oriunde își îndrepta privirea. Annie își dădu seama cât de firesc i se părea să rostească acel cuvânt, *mama*, și totuși, cât de mult timp trecuse de când nu-l mai simțise pe buze.

— Bună, îngeraș, îi răspunse mama.

Îi spunea așa pe când Annie era mică. Îi auzea vocea de parcă i-ar fi vorbit la ureche.

— Ești cu adevărat tu?

— Da, Annie.

— Suntem în rai?

— Da, Annie.

— Și tu ai trecut și prin asta? Ai întâlnit și tu cinci...

— Annie?

— Da?

— Unde este restul din tine?

Annie privi prin geaca de iarnă în locul unde ar fi trebuit să fie trunchiul ei. Vocea îi tremură.

— Am făcut o greșeală, mamă. A avut loc un accident. Ne-am prăbușit. Paulo. Încercam să-l salvez pe Paulo. Îţi aminteşti de Paulo? De la şcoală? Ne-am căsătorit. Am avut parte de o singură noapte împreună. Apoi ne-am plimbat cu balonul. A fost vina mea...

Annie se opri şi îşi lăsă capul în jos, ca apăsat de greutatea poveştii aceleia.

— Uită-te în sus, scumpo, spuse Lorraine.

Annie făcu cum i se ceru. Pielea mamei sale era fără cusur. Buzele îi erau pline, iar părul des şi castaniu era închis la rădăcină. Annie aproape că uitase cât de frumoasă fusese cândva mama ei.

— De ce eşti aşa de mare? şopti Annie.

— Aşa mă vedeai tu pe pământ. Dar a venit vremea să mă vezi aşa cum mă vedeam eu.

Mâna uriaşă se ridică, apoi se înclină în jos spre faţa ei. Annie căzu în faţă, în ochii mamei sale, care se deschiseră ca un puţ adânc, înghiţind-o cu totul.

La început, copiii au nevoie de părinţii lor. Cu trecerea timpului, îi resping. Iar în cele din urmă, devin ca ei.

Şi Annie avea să treacă prin toate aceste etape cu Lorraine, dar, ca mulţi copii, nu a aflat niciodată povestea sacrificiilor pe care le-a făcut mama ei.

Lorraine avea doar nouăsprezece ani când îl cunoscu pe Jerry, care avea douăzeci şi şase. Lucra la o brutărie, el era şofer pe camionul de pâine. Lorraine nu plecase niciodată la o depărtare mai mare de cincizeci de kilometri de orăşelul ei şi visa să scape de viaţa aceea plicticoasă şi de uniforma ţeapănă, încheiată până la gât, pe care o purta în fiecare zi. Într-o seară, Jerry apăru îmbrăcat cu o geacă de piele de căprioară şi cu bocanci în picioare şi o invită la o plimbare. Merseră toată noaptea şi nu se opriră până nu ajunseră pe Coasta de Est. Băură.

Râseră. Se bălăciră desculți în valurile oceanului. Folosiră geaca lui Jerry drept pătură ca să stea pe nisip.

Trei săptămâni mai târziu, se căsătoriră, o ceremonie civilă, într-o sală de la Tribunalul din centrul orașului. Lorraine era îmbrăcată cu o rochie cu imprimeuri. Jerry – cu o jachetă sport maro. Toastară cu șampanie și își petrecură weekendul într-un motel aflat pe plajă, înotând și bând vin în pat. Pasiunea dintre ei era aprinsă, dar, cum se întâmplă adesea cu pasiunea, se consumă repede. Un an mai târziu, când se născu Annie, pălise deja.

Jerry nu fu prezent la naștere. Era plecat din oraș într-o cursă de noapte cu camionul, care, nu se știe cum, se transformă în cinci zile de absență. Fratele lui Lorraine, Dennis, o conduse acasă de la spital.

— Nu pot să cred că nu e aici, bombăni Dennis.

— O să apară, spuse Lorraine.

Dar zilele treceau și el nu venea. Lorraine primea telefoane, prieteni care doreau s-o viziteze, care întrebau ce nume va avea bebelușul. Lorraine știa ce nume dorea să-i pună. Era inspirat de numele unei femei despre care obișnuia să-i vorbească bunica ei, Annie Edson Taylor, care, în 1901, la vârsta de 63 de ani, s-a băgat într-un butoi și a devenit prima persoană care s-a aruncat în cascada Niagara și-a supraviețuit.

— Femeia asta, bătrână cum era, a avut *curaj*, se minuna bunica ei.

Spunea „curaj" ca și cum ar fi fost ceva rar și prețios. Lorraine își dorea asta pentru copilul ei. Își dorea să fi avut și ea mai mult curaj.

Jerry se întoarse, în cele din urmă, acasă marți seara mirosind a băutură. Lorraine legăna bebelușul. Se forță să zâmbească.

— Ea este fiica noastră, Jerry. Nu-i așa că-i frumoasă?

Jerry înclină capul.

— Cum o să-i spunem?

— Annie.

Jerry pufni.

— Ca filmul? De ce?

Din acel moment, Lorraine simți că o creștea singură pe Annie. Jerry lua curse și mai lungi cu camionul. Stătea plecat săptămâni întregi. Când era acasă, voia să doarmă liniștit, să mănânce la timp și să se bucure de toată atenția soției sale când era el gata să i-o acorde pe a sa. Dacă Lorraine își ridica privirea când își auzea fiica plângând, Jerry o strângea de obraz, îi întorcea fața spre el și îi spunea:

— Hei, eu vorbesc acum.

Furia lui creștea pe măsură ce lunile treceau. La fel și forța sa fizică. Lui Lorraine îi era rușine de cât de frică i se făcuse de el, de faptul că răspundea imediat la cererile lui ca să evite să se înfigă în ea sau să o împingă. Nu ieșeau niciodată în oraș. Nu făcea altceva decât să spele rufe și vase. Erau momente în care se întreba ce se întâmplase cu viața ei care, în doar câțiva ani, de la plină de posibilități, devenise una atât de izolată. Deseori se gândea la o altă soartă, la cum ar fi fost dacă nu ar fi lucrat la brutăria aceea, dacă nu l-ar fi întâlnit pe Jerry, dacă nu s-ar fi urcat în camionul lui în seara aceea, dacă nu s-ar fi grăbit să se căsătorească.

Dar apoi se mustra pentru că își imagina o lume fără fiica ei, o ridica pe Annie în brațe și îi simțea corpul mic lipit de ea, obrajii moi ai lui Annie și felul în care își încolăcea brațele în jurul gâtului ei, iar asta făcea să dispară orice gând despre o altă viață.

Aceasta este puterea dezarmantă a copiilor: nevoia lor te face să uiți de a ta.

Când Annie făcu trei ani, Lorraine simți că mariajul ei nu avea să dureze. Când Annie făcu patru ani, era deja sigură de asta. Absențele lui Jerry nu mai erau cauzate doar de serviciu și, când îl înfruntă în legătură cu celelalte femei, violența lui erupse. Lorraine îl tolera pentru că se simțea vinovată, deși nu ar fi trebuit, și pentru că era convinsă că fetița ei avea nevoie de un tată, indiferent cât de rău era.

Dar când Jerry începu să-și verse furia asupra lui Annie, pălmuind-o iară și iară pentru că fetița deschisese congelatorul când el îi spusese să n-o facă, Lorraine descoperi o forță pe care nu o cunoștea. Îl dădu afară din casă. Schimbă încuietoarea. În seara aceea o strânse pe Annie în brațe și plânse cu fața băgată în părul ei ondulat, iar Annie plânse și ea, deși nu știa de ce.

Divorțul se prelungi. Jerry susținea că nu lucra. Banii deveniră o problemă. Lorraine își luă de lucru acasă, bătea la mașina de scris. Știind că Annie era confuză din cauza absenței tatălui ei, Lorraine încercă să creeze o lume fericită pentru ea. O încurajă pe Annie să danseze liberă, să cânte în gura mare; alergară împreună printre jeturile de apă care stropeau gazonul și jucară ore întregi jocuri de societate. Lorraine o lăsă pe Annie să încerce rujul roz în fața oglinzii și să se îmbrace de Halloween în supereroul preferat. Timp de mai multe luni, mama și fiica împărțiră același pat. Lorraine o adormea pe Annie seară de seară cu un cântec de leagăn.

Dar, pe măsură ce timpul trecu, se adunară facturile neplătite. Lorraine se văzu nevoită să se angajeze. Îi ruga pe vecini să aibă grijă de Annie după școală și era epuizată când ajungea acasă. Annie începu să doarmă în camera ei. După o vreme, Lorraine începu să fie invitată în oraș de bărbații de la biroul unde lucra și ea acceptă repede, mai ales când se ofereau să-i plătească și o dădacă. Avu o serie de relații scurte, dar niciuna dintre ele nu fuse cu noroc. Continuă să încerce, sperând să își schimbe viața.

Apoi sosi ziua de la Ruby Pier și dorința i se îndeplini, dar nu așa cum voise ea.

În rai, poți împărtăși ceea ce vezi. După ce se rostogoli în ochii mamei sale, Annie era acum într-una dintre amintirile lui Lorraine, stând la o masă în curtea primei case unde au locuit. Cerul era alb. Pe sârma de rufe erau atârnate cearșafuri și haine, la fel ca pe sârmele din celelalte curți. Lorraine purta pantofi cu tocuri înalte, o fustă albastră și o bluză albă, ținuta ei de serviciu. Avea un dosar în poală și niște documente în mână.

— Știi ce sunt astea, Annie?

Annie, care încă încerca să priceapă cum ajunsese aici, clătină din cap că nu.

— Sunt de la un avocat. Tatăl tău le trimisese.

Annie clipi.

— De ce?

— Susținea că sunt o mamă denaturată. Din cauza accidentului pe care l-ai suferit. Voia custodia.

— A mea?

— Exclusivă.

— Dar nu-l mai văzusem pe tata...

— De ani întregi. Știu. Dar voia să dea în judecată parcul de distracții și avea nevoie de tine pentru a face asta. Credea că va obține o grămadă de bani. Iar când Jerry simțea mirosul banilor, nu renunța ușor. Eu știam cum ar fi fost viața ta dacă te-ar fi luat. Știam cât de violent era. Așa că am luat o decizie.

Annie aruncă o privire la fereastra dormitorului. Se văzu pe sine, copilă, privind afară.

— Îmi amintesc ziua aceea... Ziua în care au venit reporterii la ușă.

— Așa este. A doua zi dimineață am plecat. Nu ți-am spus niciodată de ce.

Lorraine lăsă hârtiile jos.

— Acum știi de ce.

Se ridică în picioare și-și netezi fusta.

— Ei bine, acesta este începutul, spuse ea.

— Începutul a ce? întrebă Annie.

— Începutul sfârșitului secretelor dintre noi. Vino. Mai am multe să-ți arăt.

Annie simți că se deplasează plutind pe lângă mama ei. Se ridicară deasupra casei. Cerul după-amiezii se topi, transformându-se în zori de zi, iar Annie văzu mașina lor plecând în dimineața următoare și portbagajul închis cu sfoara elastică.

— Am urât faptul că am plecat, spuse ea.

— Știu.

— Lucrurile nu au mai fost niciodată la fel.

— Nu aveau cum.

— Am lăsat în urmă totul.

— Ei bine, nu chiar totul.

Coborâră puțin pentru a o putea vedea pe Lorraine la volan. Annie dormea pe bancheta de lângă.

— Ne aveam una pe cealaltă, spuse Lorraine.

Annie face o greșeală

Are paisprezece ani. Familia lui Paulo urmează să se mute în Italia.

Annie s-a temut de această zi. Ea și Paulo iau prânzul împreună de-acum. Se întâlnesc în pauzele dintre ore. A început să-l considere ceva mai mult decât un simplu prieten, îi place cu adevărat sau, dacă se poate spune așa, îl iubește, în felul ei copilăresc. Nu că ar face ceva în privința asta. Prima iubire rămâne adesea ascunsă în inimă ca o plantă care nu poate crește în lumina soarelui.

Dar îl vede pe Paulo cu ochii minții în fiecare zi. Își imaginează că se țin de mână, umăr lângă umăr, la grădina zoologică sau la mall. Numai că acum el pleacă, iar Annie nu-și pierde doar prietenul (și orice altceva ar fi putut să devină), ci și scutul care o proteja de celelalte fete din școală.

În dimineața ultimei zile a lui Paulo, Annie stă lângă dulapul ei, își ia cărțile. Megan, una dintre fetele populare care nu vorbesc niciodată cu ea, se apropie și spune: „Bună", iar Annie, surprinsă, răspunde: „Bună", iar Megan spune: „Pun pariu că o să-ți fie dor de Paulo", iar Annie roșește, dar Megan zice: „Nu, serios. E drăguț. Mi-ar lipsi și mie dacă m-ar privi cu aceiași ochi cu care se uită la tine."

Annie este surprinsă de cuvintele și de tonul ei. E vrăjită de posibilitatea de a-și face o nouă prietenă. Megan zâmbește, iar Annie simte nevoia să-i facă pe plac.

— Uite, spune Annie, deschizând un caiet.

Este un desen în creion cu Paulo pe care-l făcuse în timpul orelor, de plictiseală. Annie are talent, asemănarea este mare. În desen, ochii lui Paulo sunt largi și accentuați.

— O, ce frumos ți-a ieșit! spune Megan. Trebuie să-i fac o poză.

Scoate un telefon mic și, înainte ca Annie să se poată opune, apasă pe un buton. Annie nu a văzut niciodată un telefon care are cameră de fotografiat.

— E nou, spune Megan, întorcându-l spre Annie. Tare, nu?

Îi arată lui Annie alte fotografii cu prietenii jubilând în fața obiectivului. Annie simte că a intrat într-un cerc special.

Sună clopoțelul

— Pa, spune Megan.

Annie o privește cum se îndepărtează în grabă. Poate că plecarea lui Paulo nu va însemna sfârșitul lumii, se gândește ea. Poate că va putea vorbi cu Megan despre el și despre alte chestii despre care discută fetele populare. Este un sentiment nou pentru Annie și se lasă învăluită de el, înveselindu-se.

La sfârșitul orelor, se îndreaptă spre dulapul lui Paulo, unde se întâlnește de obicei cu el. Are un plan. Vor vorbi ca de obicei, poate chiar mai mult decât de obicei de data aceasta. Vrea să-i dea desenul pe care l-a făcut. Vrea să-i spună să îi scrie din Italia, că ea îi va răspunde. Cel mai mult vrea să-l sărute. Nu ar părea prea ciudat, se gândește ea, dat fiind că pleacă. Oamenii se sărută, nu? Un pupic pe obraz? Sau poate pe buze? S-a gândit la asta toată ziua. De fapt, de mai multe zile.

Dă colțul și ajunge pe hol.

Încremenește.

Un grup de elevi e adunat lângă dulapul lui. Paulo se află în mijlocul lor. Râd cu toții, fete și băieți, iar unii dintre băieți îl bat pe Paulo pe spate. Megan se află în mijlocul lor. Le arată tuturor telefonul.

— Tipule, chiar seamănă cu tine! spune tare un băiat.

— Te hărțuiește fata, spune altul.

— Te vrea ca pe un cadou!

Toată lumea râde. Annie îl urmărește pe Paulo. El nu spune nimic.

Dintr-odată, unul dintre ei o vede pe Annie și exclamă:

— Uite-o!

Își dau palme pe spate unul celuilalt și se întorc în direcția ei. E ca și cum ar trage cu săgeți în ea. Abia mai poate înghiți. O vede pe Megan ascunzându-și telefonul la spate.

În mod normal, Annie ar fi plecat capul și s-ar fi făcut nevăzută. Dar faptul că Paulo se află acolo, în mijlocul lor, o stârnește. E ca și cum i-ar fi luat și ultimul lucru care era al ei. Mișcându-și picioarele de parcă ar fi ale altcuiva, se apropie în timp ce ceilalți copii se îndepărtează ca niște magneți cu polii inversați. Ajunge în fața lui Megan.

Annie înghite cu zgomot.

— Îmi arăți și mie? întreabă.

Megan își dă ochii peste cap. Ridică telefonul. Annie vede poza cu desenul ei. Paulo. Ochii lui mari.

— De ce a trebuit să îl arăți tuturor? spune Annie cu vocea tremurând. Nu este al tău.

Se întoarce spre Paulo.

— Trebuia să fie pentru tine.

Paulo rămâne cu gura căscată. Pentru o clipă, toți rămân încremeniți. Apoi, cu Paulo aflat la doar câțiva centimetri distanță, ceva se declanșează înlăuntrul lui Annie. O forță care o propulsează înainte. O clipă mai târziu, buzele ei sunt lipite de-ale lui. Durează numai o secundă. Simte cum lacrimile i se scurg pe obraji.

— La revedere, susură ea.

Se răsucește pe călcâie și se îndepărtează, luptându-se cu impulsul de a fugi. O aude pe una dintre fete spunând:

— Așa, pleacă, ciudato!

Apoi altcineva spune:

— In-cre-di-bil...

Când ajunge după colțul, nu se mai abține. Fuge și iar fuge, iese pe ușile din spate și coboară pe stradă cu lacrimile arzându-i obrajii.

Ajunge într-un parc și se lasă să cadă pe o bancă, flancată de două coșuri de gunoi albastre. Nu se întoarce acasă până nu se întunecă. Când intră în casă, mama ei e furioasă.

— De ce ai întârziat atât de mult? țipă ea.

— Pentru că așa am avut chef! țipă și Annie la rândul ei.

Lorraine o pedepsește să nu mai iasă din casă o lună.

A doua zi, Paulo nu mai e.

TOȚI COPIII AU SECRETE. La fel și toți părinții. Ne arătăm așa cum alții am vrea să ne vadă, dar cu cât e mai reușită deghizarea, cu atât mai ascuns este adevărul. Este un mod de a ne face iubiți de cei mai apropiați membri ai familiei și, uneori, și un mod de a-i evita.

Începând cu plecarea în trombă, traversatul țării, până la noile lor rădăcini în zona rurală din Arizona, Lorraine își ținu secretele bine ascunse. Se strădui din răsputeri să-și șteargă trecutul. Se descotorosi de fotografiile vechi. Încetă să-și mai sune vechii prieteni. Nu îl menționă niciodată pe fostul ei soț. Nu vorbi niciodată despre Ruby Pier.

Speră ca un loc nou să însemne o viață nouă. Dar lucrurile pe care le-am făcut nu se îndepărtează niciodată de noi. Și, ca o umbră, ne urmează oriunde am merge.

Între timp, Annie renunțase la vechile speranțe. Pe la vârsta de șaisprezece ani își acceptase deja rolul de proscrisă din liceu. Avea puțini prieteni și își petrecea mare parte din timp acasă, citind, cu câinele ei, Cleo, ghemuit lângă ea. Silueta ei se dezvoltase și uneori îi prindea pe băieți holbându-se la ea dacă purta haine strâmte. Atenția lor o stânjenea. Era în regulă să fie observată de ceilalți, dar ea își dorea să fie cunoscută. Nu-i adresau nicio vorbă, niciodată.

Într-o zi, la ora de istorie, profesoara lui Annie o întrebă despre rădăcinile familiei sale.

— Dar tu, Annie?

Annie se făcu mică pe scaunul ei. Nu-i plăcea să vorbească la ore. Aruncă o privire în lateral și văzu că unul dintre băieți se uita la ea cu privirea aceea juvenilă.

— Nu știu prea multe, zise ea.

Un alt elev îi repetă cântând cuvintele: „*Nu știu prea multe.*" Era un vers dintr-un șlagăr. Toată clasa râse. Annie se înroși toată.

— Nu te-ai născut în Arizona, nu-i așa?

— Nu, recunoscu Annie, încălcând una dintre regulile mamei sale.

— Unde a început viața ta?

Ca să termine odată cu asta, Annie dădu câteva detalii: orașul, câți ani, de unde credea că sunt bunicii ei.

— Și de ce v-ați mutat aici? întrebă profesoara.

Annie se blocă. Nu-i venea în minte nicio minciună. Auzi pe cineva chicotind:

— Nu e o-ntrebare capcană.

— Am suferit un accident, mormăi Annie.

O tăcere stânjenitoare se lăsă.

— În regulă, altcineva? spuse profesoara.

Annie respiră ușurată.

Înainte ca ora să se termine, profesoara le ceru elevilor să caute evenimentele importante la nivel mondial care se petrecuseră în ziua în care s-au născut. Puteau merge la biblioteca școlii sau, dacă aveau acces, puteau folosi motoarele de căutare de pe calculator, care erau o noutate.

Annie nu avea un calculator. Se duse la arhiva bibliotecii și căută printre microfilme. Așa află că de ziua ei se încheiase o criză în Africa de Sud și că un celebru jucător de hochei doborâse un record al ligii. Își luă notițe.

La sfârșitul săptămânii, elevilor li se ceru să prezinte ceea ce aflaseră. Annie se ridică și enumeră pe de rost puținele evenimente întâmplate de ziua ei, apoi se așeză repede la loc, bucuroasă că se terminase. Privi pe fereastră, pierdută în gânduri, până când o auzi pe Megan, fata care stricase totul între ea și Paulo, terminându-și raportul astfel:

— De asemenea, am folosit un calculator şi am aflat că „accidentul" lui Annie a avut loc într-un parc de distracţii şi că cineva a murit din cauza ei.

Toţi din clasă icniră. Unul dintre elevi strigă:

— Ce?

Pe Annie o cuprinseră frisoanele. Începu să tuşească. Nu mai putea să respire. Prin minte îi alergară chipuri de oameni care o priveau şi ziua aceea de la Ruby Pier, fragmente, călătoria cu trenul, mama ei plecând cu Bob. Se simţi ameţită. Braţul îi alunecă de pe bancă.

— Annie, te simţi bine? o întrebă profesoara. Vino aici, vino aici, hai să mergem...

O scoase degrabă pe Annie pe uşa clasei.

Când se întoarse acasă în ziua aceea, intră în rulotă, trânti cărţile pe o masă şi începu să povestească urlând ce spusese Megan în clasă. Lorraine, care se ocupa de un teanc de facturi, încremeni pentru o clipă cu stiloul în mână. Apoi reluă socotelile, privind în jos prin ochelarii de citit.

— Ştiai că s-a întâmplat la un parc de distracţii, spuse ea.

— Şi cu restul cum rămâne, mamă?

— Ce?

— Am omorât pe cineva?

— Bineînţeles că nu!

Lorraine puse capacul la stilou.

— Este o minciună răutăcioasă spusă de o fată răutăcioasă.

— Eşti sigură?

— Cum poţi să crezi aşa ceva?

— A murit cineva?

— A fost un accident mare, Annie. Erau muncitori acolo. Operatori. Clienţi. O mulţime de oameni au fost răniţi. Tu ai fost una dintre victime, nu uita. Puteam să-i dăm în judecată. Poate că ar fi trebuit să o fac. Toate facturile astea...

— A *murit* cineva?

— Un angajat, cred. Nu-l cunoşteai.

— Ce altceva s-a mai întâmplat?

Lorraine îşi dădu jos ochelarii.

— Chiar ai nevoie de mai multe detalii? Acum, tamnisam? Nu am trecut prin destule?

— Noi? strigă Annie. Serios, mamă? NOI?

— Da! ridică Lorraine vocea la rândul ei. Serios, Annie. NOI!

— N-am *niciun prieten*, mamă! Vreau să am prieteni!

— Şi eu aş vrea, Annie!

— Nu mă mai întorc în clasa aia!

— Nu te vei mai întoarce niciodată în şcoala aia!

— Bine!

— Bine!

Amândouă erau roşii la faţă şi respirau sacadat. Lorraine se ridică şi porni spre bucătărie. Deschise nervoasă robinetul şi-şi spălă viguros mâinile sub jetul de apă.

— Sincer, ce fel de educaţie e asta? Căutaţi evenimente petrecute în ziua în care v-aţi născut? Mai bine faci şcoală acasă.

— NICI GÂND! strigă Annie.

— Găsim altă şcoală.

— Pe bune, mamă! PE BUNE?!

Annie se lăsă să cadă pe canapea şi-şi puse o pernă pe faţă.

Mai târziu, în aceeaşi săptămână, se transferă, şi când ajunse să nu-i mai placă nici şcoala aceea, se transferă la alta. Despre accident nu mai vorbiră niciodată.

Dar numai pentru că ai redus la tăcere o amintire, asta nu înseamnă că ai scăpat de ea.

Mutatul de la o şcoală la alta o făcu pe Annie şi mai hotărâtă să scape de restricţiile lui Lorraine. Prin ultimul an de liceu, găsi un mod de a le ocoli cu totul.

Un iubit care avea maşină.

Îl chema Walt, era cu un an mai mare decât Annie, avea o siluetă zveltă, nas ascuţit şi perciuni laţi. Annie îşi petrecea majoritatea serilor şi weekendurilor cu el. Fuma ţigări rulate şi îi plăcea muzica *grunge*. O găsea pe Annie bizară („Eşti ciudată, dar în sensul bun", spunea el), ceea ce îi făcea plăcere, pentru că asta însemna atenţie, inclusiv fizică, şi era prima dată când primea şi ea atenţia unui băiat.

Între timp, Annie înflorise şi devenise o femeie înaltă, cu un corp frumos şi o claie de păr lung şi ondulat şi, aşa cum părea să remarce toată lumea, cu dinţi frumoşi şi drepţi. Se îmbrăca în haine modeste, prefera pantalonii mulaţi şi adidaşii extravaganţi. Termină liceul cu o medie de patru puncte şi un total de doi prieteni: Judy, care purta ochelari cu rame din corn şi haine din anii 1950, şi Brian, un geniu al matematicii, cu o mustaţă subţire pe care şi-o pipăia încontinuu.

Annie nu îi mai văzu pe niciunul dintre ei după ceremonia de absolvire. Stătu doar cât să-şi primească diploma şi o strângere de mână din partea directorului şcolii, care îi şopti:

— Succes, Annie. Poţi să ajungi departe!

Ceea ce Annie și făcu. Coborî de pe scenă și se duse direct în parcare, unde o aștepta Walt lângă Nissanul său coupé verde.

— Ura, ai scăpat, spuse el sec.

— Slavă Domnului! exclamă Annie.

— Unde vrei să mergem?

— Oriunde.

— Trebuie să o suni pe mama ta?

— I-am spus să nu vină. Probabil a venit oricum.

— Este încă în public?

— Cred că da.

Walt se uită peste umăr.

— Ia ghici.

Annie se întoarse și o văzu pe mama ei; era îmbrăcată cu o fustă și un sacou turcoaz, purta o pălărie stil clopot. Traversa legănându-se gazonul din fața școlii, tocurile înalte prinzându-i-se în firele de iarbă. Flutură din brațe și strigă:

— Annie! Ce faci?

Bătea vântul și își prinse pălăria cu mâna ca să nu-i zboare.

— Hai să mergem, mormăi Annie.

— Nu vrei s-o aștepți?

— Am spus hai să mergem.

Se urcă în mașină și trânti portiera. Walt porni motorul. Și plecară, lăsând-o pe Lorraine, cu mâna pe pălărie, privindu-i cum trec pe lângă un panou pe care scria FELICITĂRI ABSOLVENȚILOR!

Annie nu mai vorbi cu mama ei vreme de un an.

În tot acest timp, Annie se mută cu Walt. Împărțiră subsolul casei tatălui său, o casă mică din lemn care se afla la o oră distanță de parcul pentru rulote. Annie știa că, fiind atât de departe, nu exista nicio șansă de a se întâlni cu mama ei și se bucura de libertatea pe care i-o oferea acest sentiment. Își tăie bretonul și își vopsi părul mov. Walt îi dădu un tricou pe care scria „Nu-ți datorez nimic". Îl purtă des.

Tatăl lui Walt lucra în tura de noapte la o fabrică de lapte. Walt repara mașini la un atelier auto din apropiere. Notele bune îi aduseră lui Annie o bursă la un colegiu local unde urmă cursuri de literatură engleză și de fotografie, imaginându-se într-o bună zi fotograf pentru o revistă de călătorii. Poate avea să se ducă în Italia și să găsească locul în care trăia Paulo, să apară în fața lui cu un aparat de fotografiat în mână și să spună: *„O, ce coincidență!"*

Pe măsură ce lunile treceau, se gândi să-și sune mama, mai ales când Walt se purta ca un copil, bosumflându-se din pricina mâncării sau când refuza să facă duș înainte de a ieși în oraș. Dar, ca mulți alții de vârsta ei, setea de independență a lui Annie prevală asupra nevoii de îndrumare. În plus, mama ei nu era persoana potrivită să-i dea sfaturi despre bărbați. Annie nu suporta să audă ce știa că avea să audă: *„Așa vrei să-ți petreci tu viața, Annie? În subsolul iubitului tău?"* Simplul gând o făcea să pună jos receptorul.

Apoi, vara următoare, se duse pe la spital să-i facă o surpriză unchiului ei Dennis – își mutase cabinetul în Arizona cu câțiva ani în urmă. Era trecut de ora cinci, la recepție nu era nimeni, așa că se duse direct la biroul lui și ciocăni la ușă. Auzi un „Intră" înăbușit și răsuci mânerul.

— Annie? spuse Dennis, cu ochii mari de surpriză.

— Bună, eram prin...

Tăcu. Simți că o podidesc lacrimile. Pe un scaun, la câțiva centimetri distanță, se afla mama ei. Avea chipul tras și ochii goi. Sub un pulover albastru și pantaloni cafenii, membrele ei erau mai subțiri ca niciodată, bolnăvicios de subțiri, de parcă s-ar fi topit.

— Bună, scumpo, spuse Lorraine slăbită.

Se uită la fratele ei și adăugă:

— Se pare că până la urmă nu va trebui să-i spui tu.

Cancerul o atacase cu rapiditate pe Lorraine, în șase luni se răspândise dincolo de orice leac cunoscut. În stadiul acesta, tratamentul oferea mai mult confort, decât vindecare.

Annie, uluită de răsturnarea bruscă de situație, nu știa cum să reacționeze. Se simțea vinovată pentru că fusese absentă când se întâmplase și obligată să îi acorde mamei sale tot timpul pe care i-l putea acorda acum. Un drum la farmacie. O întâlnire la cafenea după serviciu. Și uite așa, se întoarseră una pe orbita celeilalte. Dar conversațiile erau mai mult despre ce nu s-a spus, decât despre ce s-a spus.

— Cum e ceaiul? întreba Annie.

— E bun, răspundea Lorraine.

— Cum e la școală? întreba Lorraine.

— E bine, răspundea Annie.

Niciuna dintre ele nu avea puterea de a se confrunta cu emoțiile pe care le ascundeau. Erau foarte politicoase. Se sărutau pe obraz. Annie îi ținea portiera de la mașină deschisă și o ținea de braț când mergea. Poate că, dacă ar fi avut mai mult timp, zidul dintre ele s-ar fi sfărâmat.

Dar lumea nu funcționează după nevoile noastre.

— Te iubesc, Annie, spuse Lorraine răgușit într-o seară, în timp ce Annie îi întindea o farfurie de legume trase la tigaie.

— Mănâncă, zise Annie. Ai nevoie de forță.

— Iubirea este forță, spuse Lorraine.

Annie își așeză mâna pe umărul mamei sale. Simți osul ascuțit acoperit de un strat de piele abia existent.

Două zile mai târziu, pe Annie o trezi telefonul mobil înainte să sune ceasul deșteptător.

— Ar trebui să vii la spital, spuse încet Dennis.

Apoi izbucni în plâns, la fel și Annie.

Din cauza secretului pe care Lorraine îl țesuse în jurul vieții lor, la cimitir fu prezent un număr restrâns de persoane. Doar Annie, Walt, unchiul Dennis și câțiva colegi de serviciu stătură la gura mormântului în timp ce un preot recitase o rugăciune.

— E ciudat, spuse Lorraine acum, când scena apăru în fața lor. Întotdeauna te întrebi cum o să fie înmormântarea ta. Câtă lume va veni? Cine se va prezenta? În definitiv însă, nu are niciun sens. Odată ce mori, îți dai seama că înmormântarea este pentru ceilalți, nu pentru tine.

O priveau pe Annie, într-o rochie neagră, plângând pe umărul unchiului ei.

— Erai atât de tristă, observă Lorraine.

— Bineînțeles.

— Atunci de ce m-ai ținut la distanță atât timp?

— Îmi pare rău, mama.

— Știu că îți pare rău. Întrebarea mea este de ce?

— Știi de ce, oftă Annie. Mă puneai în situații stânjenitoare. Mă sufocai. Orice încercare de a socializa. Orice ocazie să mă distrez. M-am simțit prizoniera propriei mele copilării. Nu am putut să-mi fac prieteni. Nu îmi dădeai voie să fac nimic. Toată lumea credea că sunt ciudată, fata a cărei mamă nu vrea să o lase să-și ia zborul.

Annie ridică mâna stângă.

— Iar asta nu a ajutat.

Lorraine privea în gol. Imaginea cimitirului dispăru din fața ochilor lor.

— Ce ştii, de fapt, despre ziua aceea?

— De la Ruby Pier?

— Da.

— Nu ştiu nimic, ai uitat? Este cea mai mare gaură neagră din viaţa mea. Era ceva despre care refuzai să vorbeşti, cu siguranţă. Ne-am dus acolo cu trenul. Am cumpărat bilete. M-am trezit în spital, acoperită de pansamente...

Annie simţi o furie veche crescând în ea. Scutură din cap. Ce rost avea mânia în ceruri?

— Mă rog, asta e tot ce ştiu eu, mormăi ea.

— Ei bine, eu ştiu mai multe, spuse mama, luându-i mâna lui Annie. Şi a venit vremea să-ţi spun şi ţie.

Lecția numărul trei

Dintr-odată, erau din nou la Ruby Pier, sub un soare fierbinte de vară. În prim-plan era o promenadă din scânduri lungă și lată, plină de turiști. Părinții împingeau cărucioarele copiilor. Printre ei se strecurau oameni care făceau jogging sau se dădeau cu skateboardul.

— Îi cunosc pe oamenii aceștia? întrebă Annie.

— Uită-te mai jos, spuse mama.

Sub promenadă, Annie o văzu pe mama ei, tânără, plimbându-se pe nisip cu Bob, bărbatul din tren. Lorraine era desculță, își ținea pantofii în mână. Bob o tot trăgea spre el. Lorraine se îndepărta în joacă. Apoi, la un moment dat, se uită la ceas și privi spre mare. Bob o apucă de bărbie, o întoarse spre el și o sărută apăsat.

— Te-ai gândit vreodată cum ar fi să dai timpul înapoi ca să schimbi un moment anume? întrebă Lorraine, în timp ce privea alături de fiica ei. Un moment în care nu-ți vine să crezi cât de lipsit de importanță era ceea ce făceai și cât de important avea să fie ceea ce ratai?

Annie încuviință din cap.

— Acesta a fost momentul meu, spuse mama. În clipa aceea, mă gândeam la tine. Îmi amintesc, pentru că m-am uitat la ceas, era 3.07. Ziua ta de naştere. Şapte martie. M-am gândit: „Ar trebui să mă întorc la Annie."

— Dar nu ai făcut-o.

— Nu, spuse Lorraine şoptit. N-am făcut-o.

Continuară să privească. Bob o strânse pe Lorraine, sărutând-o pe gât. O trase de braţ şi căzură pe nisip.

— Am făcut multe alegeri greşite după ce ne-a părăsit tatăl tău, zise Lorraine. Mă simţeam nedorită, urâtă. Simţeam că bărbaţii nu sunt interesaţi de mine pentru că eram o mamă singură. Aşa că am exagerat. Am alergat când după unul, când după altul. Voiam să-mi schimb viaţa.

Annie îşi aminti şirul de iubiţi ai mamei sale care apăreau după ce se culca ea. Se furişa din camera ei şi se strecura în vârful scărilor, urmărind-o pe mama ei plecând cu cel mai recent bărbat pe care îl întâlnise, în timp ce o dădacă închidea uşa.

— Eu însămi eram încă tânără, spuse Lorraine. Voiam un nou început. Îmi doream lucruri pe care nu le-am avut cu tatăl tău – siguranţă, afecţiune. El a ales alte femei, nu pe mine, şi cred că, în adâncul sufletului, am vrut să-i demonstrez că pierduse ceva. Or, asta, continuă ea, era o prostie. Iubirea nu înseamnă răzbunare. Nu poate fi aruncată ca o piatră. Şi nu iubirea trebuie să o cauţi ca să îţi rezolvi problemele. Să forţezi iubirea este ca şi cum ai culege o floare şi apoi ai insista ca ea să crească.

Pe plajă, Bob încetă să o pipăie pe Lorraine suficient cât să-şi dea geaca jos. O aşeză pe nisip. Annie îşi observă mai tânăra mamă prinzându-se de coate cu o expresie brusc speriată pe faţă.

— Acela este momentul în care mi-am dat seama, spuse Lorraine. Tatăl tău făcuse exact acelaşi lucru cu ani în urmă, la prima noastră întâlnire. Plaja. Geaca lui. Întinsă pe nisip. Așa a început totul. Mi-am dat seama că făceam aceleași lucruri stupide pe care le făcusem cu el. De ce îmi imaginasem că va fi diferit?

Se uită în ochii lui Annie și zise:

— Îmi pare rău, scumpo. Eram atât de disperată să găsesc pe cineva care să mă iubească iară, încât am uitat că aveam deja cea mai potrivită persoană în viața mea. Pe tine.

— Mami, șopti Annie, nu am știut nimic din toate astea.

Lorraine încuviință.

— Nici eu nu am știut prea multe... Până în ziua aceea.

Făcu semn iară înspre promenadă. Lorraine se ridică repede, luându-și pantofii. Bob părea furios, o trase de picioare, dar Lorraine scăpă din prinsoare și fugi. Bob lovi cu pumnul în nisip, împroșcându-și-l pe pantaloni.

— Tot ce voiam în clipa aceea, Annie, era să te iau în brațe, să te duc acasă, să-ți cumpăr înghețată. Voiam să te fac cea mai fericită fetiță din lume. A fost ca și cum s-ar fi ridicat o cortină. Trebuia să termin cu toți bărbații aceia nepotriviți pentru mine, să termin cu flirtatul la telefon. În sfârșit, vedeam lucrurile clar.

— Și ce s-a întâmplat? întrebă Annie.

Lorraine privi în gol.

— Nu e de ajuns să vezi lucrurile clar, dacă nu le vezi la timp.

Versiunea tânără a lui Lorraine se grăbea acum spre Ruby Pier. O ambulanță trecu în viteză pe lângă ea, cu girofarurile aprinse. Poliţişti lătrau în staţiile radio. Lorraine se învârtea înainte şi înapoi, confuză, în timp ce mulţimea se înghesuia în mijlocul aleii. Se împinse contra valului de curioşi, trecu pe lângă maşinuţele buşitoare, pe lângă caruselul cu ceşti de ceai, prin pavilionul cu restaurante, strigând: „Annie. Annie!"

În cele din urmă, după o oră de căutări zadarnice, Lorraine zări un ofiţer de poliţie vorbind cu un angajat al parcului, un tânăr zvelt. Pe ecusonul de pe tricou scria DOMINGUEZ. Stăteau lângă o zonă împrejmuită cu bandă galbenă. Bărbatul zvelt avea lacrimi în ochi.

— Nu vă supăraţi? îi întrerupse Lorraine. Îmi cer scuze. Ştiu că vă confruntaţi cu o problemă în clipa aceasta. Dar e vorba despre fiica mea. Nu o găsesc. Am căutat peste tot. Sunt îngrijorată.

Poliţistul îi aruncă o privire lui Dominguez.

— Cum arată? întrebă ofiţerul.

Lorraine o descrise pe Annie. Pantalonii scurţi. Tricoul verde-limetă cu o raţă desenată pe piept.

— O, Doamne, şopti Dominguez.

Annie privea cerul raiului schimbându-se într-o nuanţă de roşu opac.

— Acela a fost cel mai urât moment din viaţa mea, spuse mama. Când fiica mea avea cea mai mare nevoie de mine, eu eram cu un bărbat de care nici măcar nu-mi păsa. Când am ajuns eu la spital, tu erai deja în operaţie. A trebuit să întreb ca să ştiu ce îţi fac. Eu. Mama ta. Să întreb, ca o străină. Am plâns şi-am plâns. Nu doar pentru că tu sufereai, Annie, ci şi pentru că mă simţeam umilită. Toate regulile acelea? Toate limitele şi interdicţiile pe care ți le-am impus? Toate au fost din cauza acelei zile. Nu voiam să mai greșesc iară.

— M-au făcut doar să te urăsc, spuse Annie, încet.

— Nu mai mult decât mă uram eu pe mine. Nu te-am protejat. Te-am lăsat singură. După ziua aceea, nu m-am mai putut vedea niciodată ca o mamă bună. Mi-era atât de rușine. M-a făcut să fiu dură cu tine, când, de fapt, încercam să fiu dură cu mine. Propriile regrete ne orbesc, Annie. Nu ne dăm seama că pedepsim și alți oameni când ne pedepsim pe noi.

Annie rămase un moment pe gânduri.

— De-asta ești aici? Să mă înveți lecția aceasta?

— Nu, răspunse Lorraine în șoaptă. Este vorba despre mine, despre a-ți împărtăși cel mai dureros secret al meu.

Annie privi îndelung chipul tânăr, fără cusur al mamei sale, chipul unei femei încă în vârstă de douăzeci de ani. Simți o dorință puternică de a face ceva ce nu făcuse încă în viața de apoi: nevoia de a mărturisi.

— Am și eu un secret, spuse Annie.

Annie face o greșeală

Are douăzeci de ani. Este însărcinată. O femeie în vârstă, care intră în cabinetul doctorului, îi ține ușa lui Annie când pleacă.

— Nu este necesar, spune Annie.

— Stai liniștită, răspunde femeia.

Annie își atinge abdomenul. Nu planificase să se întâmple asta. Ea și Walt locuiau încă la subsol, relația lor funcționa din inerție, lipsa de opțiuni făcea să-i fie mai ușor să continue decât să renunțe.

Apoi, într-o zi, pentru că se simțea neobișnuit de obosită, Annie s-a dus la clinica din campus. Credea că are gripă. I-au făcut analize de sânge. A doua zi s-a întors.

— Ei bine, nu este gripă, a început medicul.

Și-a petrecut restul zilei ascunsă în bibliotecă, cu o mână pe burtă și cu cealaltă strângând un șervețel. „Însărcinată?” s-a gândit ea. Se simțea atât de deprimată, încât nu putea să se miște. S-a ridicat și s-a târât până acasă abia după ce a venit omul de serviciu și i-a spus: „Închidem.”

Discuția cu Walt nu a fost deloc plăcută. Mai întâi a râs nervos, apoi s-a dezlănțuit într-un șir de înjurături. Vreme de o jumătate de ceas a urcat și coborât pe scări. În cele din urmă, a acceptat să se căsătorească cu Annie pentru binele copilului.

— Înainte să înceapă să se vadă burta, a insistat Annie.

— Mda, bine, a spus Walt.

Luna următoare, au mers la tribunal (exact cum făcuseră cu câteva decenii în urmă Lorraine și Jerry) și au semnat niște acte. Două săptămâni mai târziu, au făcut anunțul oficial.

Walt i-a spus tatălui său.

Annie nu a spus nimănui.

La fel ca mama ei, Annie urma să fie, fără să vrea, părinte. Ca și mama ei, avea un soț care nu era deloc încântat de idee. Uneori, Annie își dorea ca Lorraine să fie încă în viață. Voia să o întrebe la ce să se aștepte. Dar, cel mai adesea, se bucura că mama nu era acolo să vadă asta. Annie nu ar fi putut suporta dezamăgirea. Cu siguranță nu cuvinte precum: „Nu ți-am zis să ai grijă?", pe care știa că le-ar fi auzit. Annie devenise întruchiparea tuturor fricilor mamei sale, o fiică prostuță care nu fusese suficient de atentă și care acum avea numărul de telefon al obstetricianului pe un bilețel, la subsolul socrului ei.

Walt a devenit docil, ca un cățeluș când e certat. Nu vorbea prea mult când venea acasă seara, prefera să se uite ore întregi la televizor, cu trupul atât de adânc cufundat în canapea, încât îl confundai cu pernele. Annie nu a reacționat. Ce rost avea? Ajunsese să creadă că a trăi alături de un bărbat este o chestiune de toleranță, nu de romantism, iar căsătoria era doar o altă dezamăgire.

Acum, la cabinetul medicului, bătrâna care ține ușa îi zâmbește lui Annie.

— Câte luni?

— Șapte.

— Nu mai e mult.

Annie încuviințează din cap.

— Mult noroc, atunci, spune femeia.

Annie se îndepărtează. Nu se mai simțise norocoasă de foarte multă vreme.

În seara aceea, Annie nu mănâncă la cină. Decide să monteze un raft de cărți din plastic de la IKEA. În timp ce se răsucește, Annie simte o durere ascuțită în abdomen. Apoi încă una.

— Oh, nu..., geme ea de durere. Nu..., nu... Walt!

Walt o duce imediat la spital. Lasă mașina în fața intrării de la Urgențe. Următorul lucru pe care Annie și-l amintește e că se află pe o targă, alunecând pe un hol.

Copilul vine pe lume imediat după miezul nopții: un băiețel micuț, care cântărește puțin peste un kilogram. Annie nu-l vede decât câteva ore mai târziu, într-un incubator, la terapie intensivă neonatală. Nașterea prematură înseamnă că plămânii copilului nu s-au dezvoltat pe deplin.

— Trebuie să îl ajutăm să respire, spune un medic.

Annie, îmbrăcată într-un halat de spital albastru, privește fix incubatorul. Chiar a devenit mamă? Cu adevărat? Nici măcar nu-și poate atinge copilul. E acoperit de tuburi prin care este hrănit și prin care i se administrează medicamente, un plasture alb îi traversează obrazul rozaliu, pentru a ține fix un dispozitiv care îl ajută să respire. Are o căciuliță albastră atât de mică pe cap și pe urechi, să-i țină de cald. Annie se simte exclusă. Mașinăria se ocupă de tot.

În timp ce ziua se transformă în noapte și noaptea într-o nouă zi, stă acolo, nemișcată, un șir de doctori, asistente, personal din spital perindându-se prin fața ochilor ei.

— Doriți să sunați pe cineva? întreabă o asistentă.

— Nu.

— Vreți niște cafea?

— Nu.

— Vreți să vă odihniți puțin?

— Nu.

Ceea ce vrea, mai mult decât orice, este să-și poată băga mâinile în incubator, să apuce creatura mică și să fugă. Se gândește la mama ei și la momentul în care și-au făcut bagajele și au dispărut.

Apoi, la ora 10.23, un monitor începe să țiuie. Intră o asistentă, urmată de o altă asistentă, urmată de un doctor. După câteva minute, incubatorul este dus de urgență în sala de operație. Lui Annie i se spune să aștepte.

Bebelușul nu se mai întoarce niciodată.

La trei zile după naștere, micuțul moare. Pe chipul medicilor se citește tristețea, spun că au făcut tot ce le-a stat în putință. Asistentele șoptesc:

— E cel mai greu lucru.

Annie e stoică, privește în gol, imună la compasiunea lor, la camera goală de-acum. Îl ascultă pe Walt cum bâiguie continuu:

— Măi să fie, nu-mi vine să cred.

Ea studiază ferestrele, podeaua și chiuvetele de metal. Privește fix obiecte neînsuflețite de parcă ar putea să le găurească din ochi, până ce, câteva ore mai târziu, o asistentă socială se apropie cu delicatețe ținând un *dosar în mână. Îi cere câteva informații, sunt necesare pentru „hârtii" - adică certificatul de deces.*

— Cum îl chema pe copil? începe ea.

Annie clipește. Nu alesese un nume. Întrebarea pare a fi cel mai greu test din lume. Un nume. Un nume? Nu știe de ce, dar singurul nume care îi vine în minte este cel al mamei sale, Lorraine. Din gură îi iese un nume care seamănă cu al ei.

— Laurence, murmură ea.

— Laurence, repetă asistenta.

„Laurence", se gândește Annie. Cuvântul o lovește ca un jet de apă rece. Cum i-a dat un nume, copilul a și devenit real. Și real fiind, a dispărut cu adevărat.

— Laurence? șoptește Annie, de parcă ar întreba de el.

Izbucnește în lacrimi și încetează să vorbească zile întregi.

CÂND ANNIE TERMINĂ să-şi spună povestea, îşi dădu seama că plângea la fel cum plânsese în spital. Când lacrimile ei atinseră pământul, creară un iaz, care se transformă într-un pârâu, care deveni un râu cu nuanţe turcoaz la umbră, limpede de vedeai până la fund. Pe malul râului apărură copaci cu frunze mari şi colorate, care se deschideau ca nişte umbrele.

— Ai aşteptat îndelung să împărtăşeşti asta cu mine, spuse Lorraine.

— Dintotdeauna, șopti Annie.

— Știu. Am simţit.

— Aici?

— Chiar şi aici.

— Nu am spus nimănui, cu excepţia unchiului Dennis. Nici măcar lui Paulo nu i-am spus. Nu am putut.

Lorraine privi înspre copaci.

— Secrete. Ni se pare că putem controla situaţia ţinând secrete, dar, de fapt, ne controlează ele pe noi.

— Copilul nu putea să respire, spuse Annie. După ce s-a prăbuşit balonul, când mi-au spus că Paulo nu putea să respira, am retrăit totul. Am spus ceea ce aş fi vrut să spun atunci: „Luaţi plămânii mei. Lăsaţi-mă să respir pentru el. Dar salvaţi-i viaţa."

Annie se întoarse cu o expresie rugătoare pe chip.

— Mamă, Paulo a supravieţuit? Spune-mi. Te rog. Dacă poate cineva, tu eşti acea persoană, nu-i aşa?

Lorraine îi atinse obrajii.

— Nu-mi este dat să ştiu.

Stăteau în tăcere de ceva vreme. Lorraine își scufundă mâna în apa râului.

— Ți-am spus vreodată de ce am ales numele Annie?

Annie clătină din.

— Așa o chema pe o femeie care s-a aruncat în Cascada Niagara într-un butoi. Avea șaizeci și trei de ani. O văduvă. Voia să devină faimoasă, să câștige bani pentru bătrânețe. Bunica mea obișnuia să spună: „Femeia asta, bătrână cum era, a avut *curaj*." Asta îmi doream eu pentru tine. Curaj.

Annie se încruntă.

— Nu cred că m-am ridicat la înălțimea așteptărilor, nu?

Lorraine ridică din sprâncene.

— Oh, ba da.

— Haide, mamă. Am fost exact pe dos, nu curajoasă. Am fugit. Am locuit într-un subsol. M-am căsătorit din motive greșite, am făcut un copil prea devreme și nici măcar asta nu am reușit să fac cum trebuie. Am fost o ființă inutilă pentru o lungă perioadă.

Mama își încrucișă brațele.

— Și după aceea?

Adevărul era că, după aceea, Annie își găsise echilibrul. Căsătoria ei cu Walt fu anulată. Walt susținu că a fost constrâns din pricina sarcinii. Semnară documente. Walt îi ceru tricoul înapoi.

Annie se mută cu unchiul ei Dennis. În primele câteva luni, nu ieși din casă. Stătu toată ziua în pat. Își jeli copilul. Își plânse mama. Își deplânse viitorul, în privința căruia nu știa ce să facă. Ce ar fi făcut-o să părăsească acea cameră? Orice idee părea jalnică, lipsită de importanță. Era frântă în două.

Dar frântă în două însemna încă deschisă posibilităților.

Iarna se transformă în primăvară, iar primăvara deveni vară. Annie începu să se trezească mai devreme. De la fereastra dormitorului, îl vedea pe unchiul ei plecând la spital. Își aminti momentul în care el se mutase în Arizona; Annie era la gimnaziu. Îl întrebase de ce a plecat din Est, unde crescuse.

— Mama ta este familia mea, îi spusese el.

„Glumești, nu-i așa?" îi stătuse pe limbă lui Annie să spună. „Te-ai mutat aici *de dragul ei*?" Dar acum era bucuroasă că o făcuse. La cine altcineva ar fi găsit ea sprijin?

Noaptea, îl auzea pe unchiul ei vorbind cu pacienții la telefon. Le răspundea calm la întrebări. Adesea, la sfârșitul conversației, spunea: *Pentru asta sunt aici.* Ceea ce o făcea pe Annie să fie mândră de el. Era un om bun, un om decent. Îl admira din ce în ce mai mult. Cu timpul, în mintea ei prinse rădăcini o idee. *Pentru asta sunt aici.*

Într-o seară, coborî în bucătărie, unde Dennis se uita la un meci de fotbal pe un televizor mic.

— Hei, spuse el, oprind sonorul.

— Pot să te întreb ceva? zise Annie.

— Desigur.

— Cât de greu e să fii asistentă medicală?

În râul albastru al vieții de apoi, Lorraine își făcu mâinile căuș și le ridică pline cu apă, privind-o cum i se scurge printre degete.

— Acesta este raiul tău? întrebă Annie.

— Nu-i aşa că-i frumos? Îmi doream linişte după toate conflictele pe care le-am trăit în viaţa mea. Aici mă bucur de o pace pe care nu am simţit-o niciodată pe pământ.

— Şi m-ai aşteptat aici tot acest timp?

— Ce este timpul când vorbim despre o mamă şi fiica ei? Niciodată prea mult, niciodată suficient.

— Mami?

— Da?

— Ne-am certat mult.

— Ştiu.

Luă mâna stângă a lui Annie şi o ghidă în apă.

— Asta e tot ce-ţi aminteşti?

Annie îşi simţi degetele plutind şi mintea făcând acelaşi lucru. În reflexia din apă văzu numai scene pline de iubire din copilăria ei, nenumărate amintiri: mama ei sărutând-o de noapte bună, despachetând o jucărie nouă, punând frişcă pe clătite, urcând-o pe Annie pe prima ei bicicletă, cosând o rochie ruptă, împărţind rujul cu ea, apăsând butonul de la postul de radio preferat al lui Annie. Era ca şi cum cineva ar fi deschis un seif şi ea putea revedea acum toate aceste amintiri dragi.

— De ce nu am simţit asta înainte? şopti ea.

— Pentru că ne agăţăm de cicatricile pe care le aveam, în loc să alegem vindecarea, răspunse Lorraine. Ne amintim cu precizie ziua în care am fost răniţi, dar niciodată ziua în care rana a dispărut. Din momentul în care te-ai trezit în acel spital, eu m-am comportat altfel cu tine, iar tu te-ai comportat altfel cu mine. Erai morocănoasă. Erai furioasă. Te certai tot timpul cu mine. Urai restricţiile pe care ţi le-am impus. Dar nu ăsta era adevăratul motiv al furiei tale, nu-i aşa?

Lorraine se întinse şi strânse în mână degetele lui Annie.

— Poţi să-mi spui acest ultim secret? Poţi să-mi spui care a fost adevăratul motivul al resentimentelor tale de după accidentul de la Ruby Pier?

Annie simţi că se îneacă în lacrimi. Vocea îi era o şoaptă.

— Pentru că nu ai fost acolo să mă salvezi.

Lorraine închise ochii.

— Exact. Poţi să mă ierţi pentru asta?

— Mami.

— Da?

— Nu ai nevoie să mă auzi spunând-o cu voce tare.

— Nu, eu nu am nevoie, spuse Lorraine, încetişor. Dar tu ai.

Annie începu să plângă din nou, lacrimi de uşurare, o binecuvântată uşurare, eliberându-se de secretele ascunse ani întregi. Înţelese sacrificiile pe care Lorraine le făcuse înainte şi după ziua aceea de la Ruby Pier: pusese capăt căsniciei, renunţase la casa ei, renunţase la prietenii, la povestea şi dorinţele ei, făcând din Annie singura ei prioritate. Se gândi la înmormântarea neînsemnată de care avusese parte mama ei, la cât de mult cedase Lorraine din viaţa ei pentru a o proteja pe a lui Annie.

— Da, da, te iert, mamă. Bineînţeles că te iert. Nu am ştiut. Te iubesc.

Lorraine îşi aşeză mâinile peste ale ei.

— Pace?

— Pace.

— Am venit aici să te învăţ *asta*, spuse Lorraine, zâmbind.

După aceea, Lorraine se ridică de la sol și pluti deasupra lui Annie, doar pentru o clipă. Apoi, mângâind pentru ultima dată bărbia fiicei sale, se mări umplând cerul, până când chipul ei domină iarăși firmamentul.

— Trebuie să plec, îngeraș.

— Nu! Mami!

— Trebuie să-ți găsești singură pacea.

— Dar am făcut pace!

— Mai este cineva.

Înainte ca Annie să poată răspunde, râul se revărsă și o ploaie torențială începu să cadă. Annie fu împinsă într-o parte, orbită de potopul acela. Simți o lovitură bruscă în șold. Un butoi mare de lemn venea spre ea. Îl înclină ușor și intră în el, la adăpost. Pereții erau pătați de o substanță maronie, iar de jur-mprejur erau perne pentru amortizare, perne vechi, de pe vremea când tiza ei făcuse celebra călătorie pe apele cascadei, bănui Annie. Se ghemui pe șezut, simțind râul bubuind sub ea.

Apoi, cu o smucitură, butoiul o luă la vale.

Auzi furtuna și apa izbindu-se de stânci, mai tare cu fiecare secundă, din ce în ce mai amenințătoare, mai tunătoare. Simți ceva ce nu mai simțise încă în rai: frică în stare pură. Butoiul trecu peste o cascadă uriașă și ieși la suprafață în mijlocul unei scene atât de zgomotoase, de violente, de parcă era vocea lui Dumnezeu însuși care urla. În goana aceea, fără nimic sub ea, Annie experimentă abandonul căderii libere. Era lipsită de ajutor, fără urmă de control asupra situației.

În timp ce se împinse în pereții butoiului, privi în sus printr-un jet de apă albă și văzu chipul mamei sale care se uita în jos, șoptindu-i un singur cuvânt:

— Curaj.

DUMINICĂ, ora 14.14

Tolbert se îndepărtă de ofiţerii de poliţie, se duse lângă maşina lor şi vomită.

Tocmai văzuse un carnagiu care avea să-i rămână în minte pentru totdeauna. Câmpul verde şi spaţios era acoperit de petice arse. În centru se afla o nacelă carbonizată, de nerecunoscut. Fâşii de material ars, rămăşiţe din cândva maiestuosul balon al lui Tolbert, erau împrăştiate peste tot.

Un martor ocular la accident, un bărbat care făcea jogging îmbrăcat într-un tricou Reebok galben, le povestise celor de la poliţie: „Balonul a lovit ceva printre copacii aceia şi am văzut o limbă de foc. S-a prăbuşit, a lovit pământul şi a apoi a urcat la loc. Din el a căzut un om. Altul a fost aruncat. Cred că ultimul a sărit. Apoi a luat foc totul."

Alergătorul filmase scena cu telefonul mobil şi sunase la 911. Toţi cei trei pasageri, doi bărbaţi şi o femeie, fuseseră transportaţi de urgenţă la spitalul universitar.

Tolbert era în stare de şoc şi, în acelaşi timp, furios. Nu-şi putea da seama de unde apăruseră cei doi clienţi. Era atât de devreme. Nu fusese făcută nicio rezervare. *Ce făcea Teddy? Am lipsit doar câteva ore.*

Îşi trecu palmele peste faţă de câteva ori, apoi se îndreptă din nou către poliţişti.

— Dacă nu mai aveţi treabă cu mine aici, eu trebuie să mă duc la spitalul acela, spuse el.

— Vă conduc eu cu maşina, se oferi un ofiţer.

— De acord.

Tolbert se urcă în mașina de poliție și se lăsă pe spate pe banchetă, încă gândindu-se la tragedia din acea duminică dimineață, fără să știe ce rol jucase în ea.

Următoarea eternitate

Butoiul de lemn se izbi de suprafaţa apei şi se scufundă lent. Annie se împinse afară prin gura butoiului într-un infinit abis verzui; semăna mai degrabă cu o mare decât cu apa aflată la baza unei cascade. Lovi din braţe şi roti din cap; părul învolburându-se în jurul ei ca nişte tentacule. Deasupra ei, văzu un cerc de lumină, asemenea capătului mai mare al unui telescop. Înotă într-acolo.

Când ieşi la suprafaţă, pielea lui Annie se uscă pe loc. Apele se retraseră şi ea se trezi stând pe malul unui mare ocean cenuşiu, îmbrăcată în pantaloni scurţi şi cu un tricou verde-limetă peste trunchiul inexistent. Cerul era de un albastru de vară, perfect luminat, dar nu de soare, ci de o singură stea albă.

Annie simţi nisipul sub picioare şi o briză uşoară pe obraji. Pe măsură ce înainta pe plajă, apăru un chei magnific, cu turnuri aurite, turle, cupole, un roller-coaster din lemn şi un turn de unde te puteai arunca cu paraşuta.

Era un vechi parc de distracţii, ca acela pe care obişnuia să-l viziteze Annie. Locul o făcu să îşi amintească de mama ei. Se împăcaseră, în cele din urmă. Scăpase de o mare greutate de pe suflet. Apoi ea dispăru. I se păru atât de nedrept. Ce rost aveau raiul şi întâlnirile cu cele cinci persoane dacă fiecare dintre ele te abandona tocmai când găseai alinarea?

„Trebuie să-ţi găseşti singură pacea”, îi spusese mama ei. De ce? Cu cine? Annie voia ca toate acestea să înceteze. Se simţi epuizată, obosită, ca la sfârşitul unei zile lungi şi grele.

Făcu o jumătate de pas şi se împiedică de ceva aflat în nisip. Privi în jos şi văzu o piatră. Apa mării se retrase de pe ea, dezvăluind două cuvinte:

EDDIE

ÎNTREŢINERE

— Hei, copilă, spuse o voce aspră, vrei să te dai la o parte de pe mormântul meu?

Annie face o greșeală

Are douăzeci și cinci de ani și lucrează într-o clinică. Unchiul Dennis a ajutat-o să-și plătească școala de asistente medicale, iar Annie, spre surprinderea ei, descoperă că această meserie i se potrivește. Întotdeauna s-a descurcat bine la științe, așa că nu i-a fost greu cu școala. Dar relația ei cu pacienții este o revelație. Îi ascultă cu atenție. Îi mângâie pe mână. Zâmbește la glumele lor și dă dovadă de compasiune când aceștia se plâng. E ceva ce vine din copilăria în care a căutat intimitate, fără să o găsească niciodată. În calitate de asistentă medicală, pacienții sunt cei care o caută să le ofere atenție, alinare și chiar sfaturi. Iar ea este încântată să le ofere toate acestea.

Supervizoarea ei, Beatrice, este o femeie robustă din sud, se dă cu un ruj roșu aprins și se îmbracă numai cu bluze fără mânecă, inclusiv iarna. Are simțul umorului și o laudă pe Annie pentru munca ei.

— Pacienții au încredere în tine, spune ea. Contează foarte mult.

Annie o place pe Beatrice. Uneori, rămân până târziu să stea de vorbă în sala de odihnă. Într-o seară, în discuția lor, se ridică problema memoriei reprimate. Annie o întreabă pe Beatrice dacă ea crede în așa ceva, iar Beatrice spune că da.

— Oamenii fac tot felul de chestii din cauza lucrurilor pe care nu și le amintesc, spune ea. Se întâmplă cu

jumătate dintre membrii familiei mele, dacă mă întrebi pe mine.

Annie *decide să pomenească despre traumele suferite de ea în copilărie.*

— S-a întâmplat ceva când aveam opt ani.

— A, da?

— Un accident. Un accident grav. Așa m-am ales cu asta.

Îi arată lui Beatrice mâna plină de cicatrici.

— Încă te mai deranjează?

— Când e frig. Și dacă nu mișc degetele...

— Mă refeream la ceea ce s-a întâmplat.

— Ei bine, tocmai despre asta e vorba. Nu știu ce mi s-a întâmplat. Am blocat orice amintire.

Beatrice stă pe gânduri un moment.

— Există oameni cu care poți vorbi despre asta.

— Da, dar...

Annie își mușcă buza.

— Ce?

— Mai este ceva.

— Ce?

— Cred că cineva a fost ucis.

Beatrice face ochii mari.

— Asta da poveste.

— Dacă aș vorbi cu cineva...

— Ți-e frică de ceea ce ai putea afla?

Annie dă din cap.

— Scumpo, poate tocmai de aceea mintea ta ți-a blocat amintirile.

Beatrice își pune palma peste mâna rănită a lui Annie.

— Când o să fii pregătită să-ți amintești, o să-ți amintești.

Annie se forțează să zâmbească. Dar se întreabă ce crede Beatrice despre ea acum, despre o femeie cu un secret pe care nu vrea să-l afle.

A patra persoană pe care Annie o întâlnește în rai

— Nu e *cu adevărat* mormântul meu.

Annie se răsuci și văzu un bătrân ghebos care stătea în nisip, cu brațele încrucișate ca niște înotătoare pe piept. Era îmbrăcat cu o uniformă maro-deschis și avea pe cap o șapcă de in. Bărbatul de la nunta ei. Cel pe care îl tot văzuse.

— Aici am murit, spuse el. Mă rog, acolo, în parc. Băieții cu care am lucrat au făcut piatra aceea de ziua mea de naștere. Obișnuiam să-i numesc „cap de piatră", așa că mi-au făcut piatra asta. Niște simpatici.

Ridică din umerii săi rotunzi. Avea părul alb, urechile mari, nasul turtit și strâmb de parcă și-l rupsese în nenumărate rânduri. Ridurile de la ochi erau ca niște crăpături care se întindeau până la obrajii cu favoriți. Acum se ridicară într-un zâmbet prietenos.

— Hei, puștoaico, spuse el, de parcă o cunoștea.

— Ai fost la nunta mea, șopti Annie. Mi-ai făcut cu mâna.

— Speram să fii mai bătrână.

— Mai bătrână?

— Eşti prea tânără să fii aici.

— Am suferit un accident.

Îşi feri privirea.

— Cu mine poţi să vorbeşti, spuse el.

— Un balon. A luat foc. Eu şi soţul meu eram în el.

— Şi?

— El a fost rănit. Foarte rău. Nu mai putea să respire.

— Şi tu?

— Au luat un plămân de la mine. Să-l salveze pe el. În timpul transplantului, probabil că am...

Bătrânul ridică o sprânceană.

— Murit?

Annie încă tresărea la auzul acelui cuvânt.

— Da. Şi nu ştiu ce s-a întâmplat cu soţul meu. Tot ce-mi amintesc este sala de operaţie, un doctor care-mi pune mâinile pe umeri şi-mi spune: „Ne vedem curând." Ca şi cum ar fi urmat să mă trezesc peste câteva ore. Dar nu m-am mai trezit niciodată.

— Lasă-mă să ghicesc, spuse bătrânul, frecându-şi bărbia. I-ai întrebat pe toţi cei întâlniţi în rai dacă soţul tău a supravieţuit. Dacă l-ai salvat.

— De unde ştii?

— Pentru că, atunci când am ajuns aici, am întâlnit şi eu cinci persoane. Şi înainte de a termina, am pus aceeaşi întrebare fiecăruia dintre ele, pentru că nu-mi aminteam ultimele secunde petrecute pe pământ. „Ce s-a întâmplat? Am salvat-o pe fetiţă? Am trăit degeaba?"

— Stai, spuse Annie. Pe *fetiţă*?

Bătrânul se uită direct în ochii ei şi Annie simţi că nu poate să-şi dezlipească privirea de la el. Se uită la peticul de pânză de pe pieptul lui, de lângă inimă, pe care fuseseră brodate aceleaşi două cuvinte de pe piatra funerară.

— Eddie... Întreţinere, spuse ea.

— Fetițo, îi răspunse el.

Își întinse degetele robuste, iar Annie le ridică involuntar pe ale sale către el. De cum se atinseră, se simți mai în siguranță ca nicicând, ca un pui de pasăre care se ascunde la adăpostul unei aripi puternice.

— E în regulă, puștoaico, șopti bătrânul. Totul se va lămuri acum.

Când oamenii trec printr-o experiență la limita morții obișnuiesc să spună că „le-a trecut viața prin fața ochilor". Oamenii de știință chiar au studiat acest fenomen, conștienți de faptul că uneori cortexul cerebral pot fi afectat de hipoxie și hemoragii, ceea ce, în timpul unei traume grave, ar putea declanșa derularea amintirilor.

Dar știința știe doar ceea ce știe. Și pentru că nu înțelege lumea de dincolo, nu are cum să priceapă că ceea ce ochii tăi par a vedea nu sunt amintiri, ci că arunci o privire în spatele cortinei raiului, unde viața ta și viețile tuturor celor pe care i-ai atins se află pe același plan și că a vedea o amintire este același lucru cu a le vedea pe toate.

În ziua accidentului lui Annie, în clipa în care ea se aflase în cel mai mare pericol, Eddie, omul care se ocupa cu întreținerea la Ruby Pier, luă o decizie într-o fracțiune de secundă: să se arunce pe platforma turnului Freddy's Free Fall și să o împingă pe Annie din calea vagonetului care se prăbușea. Iar ceea ce îi trecu prin fața ochilor, chiar înainte de a muri, fu fiecare interacțiune pe care o avusese pe pământ.

Acum, aici, în rai, cu degetele ei lipite de ale lui, Annie le văzu și ea.

Îl văzu pe bebelușul Eddie, născut în sărăcie la începutul anilor 1920. Văzu scânteia din ochii mamei sale și bătăile frecvente pe care le încasa de la tatăl său bețiv.

Văzu un Eddie de vârstă școlară jucându-se cu angajații de la Ruby Pier. Îl văzu pe Eddie adolescent, reparând carusele alături de tatăl său. Îl văzu pe Eddie plictisit, visând la o viață diferită. Îl văzu pe tatăl său spunând: „Care-i treaba? Viața asta nu-i suficient de bună pentru tine?!"

Văzu noaptea în care Eddie își întâlni dragostea adevărată – o fată într-o rochie galbenă pe care o chema Marguerite – și cum dansară pe muzica orchestrei la Stardust Band Shell. Văzu cum dragostea lor fu întreruptă de război, când Eddie fu trimis să lupte în Filipine.

Văzu cum plutonul său fu capturat și torturat într-un lagăr de prizonieri. Văzu revolta îndrăzneață și cum îi uciseră pe torționarii lor. Îl văzu pe Eddie dând foc colibelor în care fuseseră închiși. Văzu cum fu împușcat în picior în timpul evadării. Îl văzu cum se întoarse acasă, pe timp de pace, plin de răni și de amintiri întunecate.

Îi văzu pe Eddie și pe Marguerite căsătoriți și așezându-se la casa lor, profund îndrăgostiți, dar fără copii. Și, la moartea tatălui său, îl văzu pe Eddie obligat să preia postul de muncitor la întreținere la Ruby Pier. Îl văzu trăindu-și viața deprimat de faptul că, după ani întregi în care încercase să se rupă de tot, nu era cu nimic diferit de tatăl său, „un nimeni, care nu a făcut niciodată nimic", cum obișnuia să spună el.

O văzu pe Marguerite, în vârstă de aproape 40 de ani, murind din cauza unei tumori pe creier, văzu cum Eddie căzu pradă durerii. Îl văzu adâncindu-se în munca lui, plângând când nimeni nu-l putea vedea, în întunericul din camerele distractive sau sub un tobogan cu apă.

Îl văzu pe Eddie vizitând cimitirul cu conştiinciozitate, de la şaizeci la şaptezeci de ani, până la optzeci de ani, lăsând flori la mormântul lui Marguerite, mergând acasă pe locul din faţă al taxiului ca să nu se mai simtă aşa de singur.

Şi văzu ultima zi de viaţă a lui Eddie, când împlini optzeci şi trei de ani şi verifică firul de pescuit, făcu inspecţia unui roller-coaster, apoi se aşeză pe un scaun de plajă şi făcu un iepure din sârme galbene de curăţat ţevi. Pe care îl înmână unei fetiţe.

O fetiţă pe nume Annie.

— Mulţumeeesc, Eddie Întreţinere, chicoti fetiţa ţopăind.

Imaginea rămase neschimbată.

— Ăsta, spuse Eddie acum, continuând să o ţină pe Annie de mână, a fost ultimul lucru pe care mi l-ai spus pe pământ.

— Ce s-a întâmplat apoi? întrebă ea.

Eddie îi dădu drumul la mână. Imaginea dispăru.

— Hai să ne plimbăm, spuse el.

Oceanul se retrase, ca şi cum ar fi deschis o cale, iar ei se deplasară de-a lungul ţărmului. Steaua singuratică de pe firmamentul albastru le lumină drumul. Eddie îi povesti lui Annie despre propria călătorie prin rai. Îi spuse că şi el a întâlnit cinci persoane, printre care un muncitor de circ a cărui piele era albastră, pe fostul său căpitan din armată şi pe Ruby în carne şi oase, Ruby de la Ruby Pier. La sfârşitul acestor întâlniri, aproape tot ce credea despre viaţa lui se schimbase.

Apoi Eddie o întrebă pe Annie despre viaţa ei, spunându-i că se întrebase adesea ce făcuse cu acei ani. Pentru că se simţea în siguranţă în compania lui, Annie vorbi despre multe lucruri. Despre copilăria ei timpurie, pe care şi-o amintea altfel, plină de distracţii şi lipsită de griji, şi despre viaţa ei de după accident, care a fost diferită.

— Ce s-a schimbat?

— Totul, spuse ea şi ridică mâna. Începând cu asta.

Eddie îi luă încheietura mâinii în palma cărnoasă. Îi studie cicatricile de parcă descoperea o hartă de mult pierdută.

— După aceea, spuse Annie, mi-a mers numai rău. Nu am putut să-mi fac prieteni. Mă certam continuu cu mama. Am avut o primă căsnicie îngrozitoare. Am pierdut...

Eddie ridică privirea.

— Am pierdut un copil. Am suferit de depresie. Am renunţat să mai cred că voi fi fericită vreodată. Până când l-am reîntâlnit pe Paulo. Am crezut că el era şansa mea. Îl cunoşteam. Aveam încredere în el. Îl iubeam.

Se opri.

— Îl iubesc.

Eddie dădu drumul încheieturii. Părea a se gândi la ceva.

— Ai schimba-o dacă ai putea? Mâna. Dacă ai putea.

Annie se uită la el.

— Ce ciudat! Paulo m-a întrebat acelaşi lucru când eram copii.

— Şi ce i-ai răspuns?

— Ce-ţi răspund şi ţie acum. Bineînţeles că da. Cine şi-ar dori să treacă prin aşa ceva dacă nu ar fi obligat?

Eddie dădu încet din cap, dar Annie nu era sigură că era de acord cu ea.

— Soţia ta e aici? întrebă Annie.

— Ea nu e parte din călătoria ta.

— Dar tu poți să fii cu ea? În raiul tău?

Eddie zâmbi.

— Fără ea, nu ar mai fi fost raiul meu.

Annie încercă să-i răspundă cu un zâmbet, dar auzindu-i cuvintele se simți și mai rău. Cea mai mare dorință a ei era ca Paulo să fi supraviețuit, ca transplantul să-i fi cruțat viața. Or, asta însemna să fie singură acum, în viața de apoi. Oare Paulo și-ar vedea de viața lui fără ea, acolo, pe pământ? Și-ar găsi pe altcineva? Și dacă, atunci când va muri, își va alege un alt rai, unul din care Annie n-ar face parte?

— Ce s-a întâmplat? întrebă Eddie. Nu pari prea bucuroasă.

— Pentru că... stric totul, spuse Annie. Chiar și lucrurile bune. Până și noaptea nunții mele. A fost ideea mea să-l ajutăm pe omul de pe autostradă. Eu am insistat să mergem la plimbare cu balonul.

Își plecă privirea și adăugă:

— Fac numai greșeli.

Eddie aruncă o privire spre singura stea care strălucea deasupra lor.

— Așa credeam și eu despre mine înainte, spuse el.

Dintr-odată, ziua se transformă în noapte. Aerul deveni fierbinte și lipicios. Peisajul, sterp. Pe dealurile golașe din jurul lor ardeau mici incendii. Annie simți cum pământul se îngroașă sub picioarele lor.

— Ce se întâmplă? întrebă ea.

— Nu am terminat încă, răspunse Eddie.

Annie face o greșeală

Are douăzeci și opt de ani. Au trecut opt ani de la moartea copilului. Astăzi este aniversarea morții lui. Face schimb de tură, să lucreze după-amiază la spital și, după ce trece ora de vârf de dimineața, pleacă cu mașina la cimitir.

E ceață și umezeală. În timp ce se îndreaptă spre mormânt, își aude pașii scârțâind pe pietriș. Când ajunge la piatra funerară, calcă pe iarbă, ușor, ca și cum nu ar vrea să deranjeze. Citește numele lui Laurence și datele gravate, care atestă scurta sa trecere pe pământ:

4 FEBRUARIE – 7 FEBRUARIE

Linia dintre ele pare o măsură mai adecvată.

— Aș vrea să fi știut să mă rog cum se cuvine, șoptește ea. Aș vrea să fi știut ce să cer pentru tine.

Pentru a mia oară, își spune că nu a fost cu adevărat mamă, că nu a schimbat niciodată un scutec, că nu a ținut niciodată un biberon, că nu și-a legănat niciodată fiul să-l adoarmă. Se simte ca o nătângă deplângând o identitate pe care nu a apucat să o trăiască, aceea de mamă.

La întoarcerea la spital traficul este îngreunat. Vizita la cimitir a tulburat-o și caută în poșetă o pastilă contra anxietății. În mod normal, le ia seara, dar își amintește că o așteaptă o tură lungă și ar prefera să treacă de ea fără prea multe drame. În plus, dacă nici azi nu are nevoie de alinare, atunci când?

— Ghici ce? îi spune o colegă asistentă când ajunge. Terry a anunțat că e bolnavă.

— Nu-i ține nimeni locul?

— Nu. Suntem doar noi două.

Următoarele șase ore trec cât ai clipi, trebuie să se ocupe de mai multe saloane. Annie nu apucă să stea jos nici măcar o secundă. Luminițele de avertizare continuă să se aprindă, iar cele două asistente se străduiesc să rezolve totul. Annie ia pungile de plastic cu medicamente destinate fiecărui pacient și le administrează cu grijă, salon după salon.

Când ajunge la 209K/L, pacientul din dreapta doarme; e un bărbat slab, în vârstă, hrănit printr-un tub. Annie găsește zdrobitorul de pastile și deschide punga cu medicamente, pregătindu-se să i le administreze cu seringa.

— Am nevoie de ajutor, strigă bărbatul din patul alăturat.

Este chel și greoi, burta mare îi umflă cearșaful.

— Nu stau bine pe perna asta.

— Vin imediat, spune Annie.

— Nu pot să dorm cu perna asta.

— Un moment.

— Poți să-mi aduci altă pernă?

Annie continuă să zdrobească medicamentul. Ia serul să-l dizolve.

— Trebuie să dorm, se plânge bărbatul.

Annie oftează exasperată. Apasă un buton, sperând că va veni cealaltă asistentă, dar știe că luminițele au fost aprinse toată după-amiaza.

— Vă rog, spune bărbatul cel gras.

— Vin imediat.

— Pe toți dracii! Tipul ăla poate aștepta! E aproape mort.

Annie începe să tremure din pricina bărbatului care strigă la ea. Și așa abia se târăște de la pastila pe care a luat-o. Se masează pe frunte și se apasă între sprâncenele, ca și cum ar putea să stoarcă durerea de cap, apoi amestecă pastila zdrobită cu serul și umple seringa.

— Mi-a înțepenit gâtul de tot, geme bărbatul.

Annie bagă seringa în portul tubului. Fixează bine vârful și apasă cu degetele pe clemă pentru a permite medicamentului să se scurgă în corpul pacientului.

— VII ODATĂ?

„Dintre toate zilele", se gândește Annie, ignorându-l pe bărbat, cu ochii pe eticheta de la punga cu medicamente. Clipește. Ceva e în neregulă. Data de pe pungă. Nu este cea de azi. „Dintre toate zilele." Data de azi o știe, 7 februarie, aniversarea celui mai urât lucru care i s-a întâmplat vreodată. Data de pe etichetă este 3 februarie. În timp ce deschide clema, creierul ei face repede socoteli. Patru zile. Ce s-ar putea schimba în patru zile? Vede o notă pe etichetă, EP, care înseamnă „eliberare prelungită" – o pastilă care se administrează pe cale orală, care nu trebuie zdrobită. Dar omul acesta nu are cum să înghită nimic. Poate putea când a fost scrisă nota aceea...

Scoate brusc seringa din port.

— Pe toți dracii, perna asta e...

— TACĂ-ȚI GURA! TACI ODATĂ!

Annie nici nu-și dă seama ce i-a strigat pacientului. Nu se poate gândi decât la ceea ce era cât pe ce să facă: să injecteze medicamente contra durerii cu eliberare prelungită într-un tub de hrănire. Un medicament care ar fi trebuit să se elibereze în douăsprezece ore ar fi fost administrat dintr-odată. Ar fi putut să-i cauzeze probleme grave bărbatului care doarme. L-ar fi putut omorî.

— Nu ai voie să-i spui unui pacient să tacă din gură! strigă grăsanul. O să fac reclamație. O să mă asigur că...

Annie nu-l aude. Tot ce aude este propria respirație. Simte că inima îi bate atât de tare, încât îi vor plezni coastele. Ia seringa și punga de plastic folosită, fuge pe hol și le aruncă în coșul de gunoi, simțindu-se ca un infractor care încearcă să ascundă arma crimei.

Își ia concediu două săptămâni, chiar dacă la spitalul nu-i cere nimeni asta. Când se întoarce, promite să se concentreze mai mult ca niciodată asupra pacienților săi. Că nimic nu-i va mai distrage atenția. Că va lăsa acasă probleme personale. „Măcar un lucru fă-l bine, Annie", își spune ea. „Măcar un lucru."

Lecția numărul patru

Pământul de sub picioarele lui Eddie și ale lui Annie deveni clisos și umed. Pe un deal erau butoaie de petrol și colibe de bambus cuprinse de flăcări.

— Ce e locul ăsta?

— Război.

— Când? Unde?

Eddie oftă.

— Războiul e mereu același, indiferent de loc sau timp.

Făcu un pas înainte, picioarele lipăindu-i.

— Suntem în Filipine. Al Doilea Război Mondial.

— Ai fost luat prizonier.

— Da.

— Ai evadat.

— În cele din urmă.

— Am văzut asta când m-ai ținut de mână. Ai dat foc colibelor acelea.

— Corect, răspunse el. Le-am dat foc.

Lipăi prin noroi și găsi rămășițele unui aruncător de flăcări primitiv, un furtun lung atașat la un rucsac cu un rezervor de benzină.

— Când m-au capturat, mi-a fost frică. Eram speriat de moarte. Când am scăpat, am dat frâu liber fricii. Cu toţii am făcut-o. Am atacat. Am distrus. Am ars locul ăsta până-n temelii. Mi se părea justificat. Poate chiar curajos. Dar făceam ceva îngrozitor, ceva ce n-am ştiut niciodată.

Făcu semn spre o colibă. Annie văzu o umbră alergând printre flăcări.

— Stai... Era cineva înăuntru?

Eddie îşi plecă ochii, ca şi cum nu se putea uita la aşa ceva. Încet, din flăcări, ieşi o fetiţă cu tenul de scorţişoară şi părul de culoarea prunelor. Ardea, flăcările parcă lingându-i corpul. Se apropie de Eddie şi limbile de foc se stinseră, lăsându-i faţa şi pielea teribil de arse. Îl luă de mână.

— Ea este Tala, spuse Eddie, încetişor. Se ascundea în coliba aceea când i-am dat foc.

Se uită în ochii lui Annie.

— A ajuns în rai din cauza mea, adăugă el.

Annie făcu un pas înapoi. O străbătu un fior de teamă, de parcă s-ar fi înşelat în privinţa acestui bătrân, ca şi cum aura aceea de siguranţă ar fi fost un şiretlic.

— Greşeli, declară Eddie. Asta sunt aici să te învăţ. Simţeai că faci numai greşeli? Simţi că poate ai făcut una chiar acum?

Annie îşi întoarse privirea.

— Aşa credeam şi eu înainte, continuă Eddie. Consideram că întreaga mea viaţă era o greşeală. Mi se întâmplau numai lucruri urâte, până când, în cele din urmă, am renunţat să mai încerc.

Ridică din umeri.

— Nici măcar nu am ştiut care a fost cea mai mare greşeală pe care am comis-o.

Se întoarse spre fetiță. O mângâie pe părul care atârna în smocuri.

— Tala se ascundea în coliba aia. Am aflat asta abia după ce am murit. Am întâlnit-o în rai. Mi-a spus că am ars-o de vie.

Își mușcă buza, apoi continuă:

— Când am aflat asta, era cât pe ce să mai mor o dată.

— De ce îmi spui toate astea? întrebă Annie.

Eddie o conduse pe Tala la Annie, suficient de aproape cât să vadă bășicile de pe pielea arsă a fetiței.

— Te-ai simțit toată viața ta bântuită de ceva, nu-i așa? Ceva de care nu-ți aminteai, dar care te făcea să simți că e ceva în neregulă cu tine?

— De unde știi? întrebă Annie, încet.

— Pentru că așa am simțit și eu toată viața mea. M-am simțit nelalocul meu. La Ruby Pier mă simțeam prins în capcană și că nu ar fi trebuit să fiu acolo. Să repar tiribombe? Cine își dorește o asemenea slujbă? Probabil greșisem când am acceptat-o, m-am gândit. Apoi am murit. Iar Tala mi-a explicat de ce mă aflam acolo. Ca să protejez copiii, lucru pe care nu îl făcusem în cazul ei. Mi-a spus că mă aflam exact acolo unde trebuia să fiu.

Își puse mâna pe umărul fetiței.

— Și-apoi mi-a mai zis un lucru, ceva care m-a scăpat de durere pentru totdeauna. Mântuirea mea, cred, ca să folosesc un cuvânt sofisticat.

— Ce ți-a spus?

Eddie zâmbi.

— Că am murit salvându-te pe tine.

Annie începu să tremure. Eddie o apucă de mâini.

— Uită-te. Acum o poți vedea și tu.

— Nu pot.

— Ba da, poţi.

— Nu-mi aduc aminte.

— Ba îţi aduci.

Annie gemu încet.

— Nu *vreau*.

— Ştiu. Dar a venit timpul.

Cerul se făcu roşu ca focul, iar Annie simţi cum capul i se ridică în sus, ca şi cum cineva o trăgea de păr; era din nou în ziua aceea, la Ruby Pier, privea în sus la moartea ei iminentă. Văzu un vagonet uriaş înclinându-se într-o parte în vârful turnului Freddy's Free Fall. Văzu cum clienţii erau traşi cu gesturi pline de disperare spre un loc sigur. Văzu oameni arătând cu degetul şi acoperindu-şi gurile cu mâinile. Îl văzu pe Eddie croindu-şi drum printre ei, strigându-le să plece, să fugă. Văzu oamenii împingându-se şi îmbulzindu-se într-o parte şi se văzu pe ea alergând în direcţia opusă, spre o platformă goală, târându-se pe ea, făcându-se ghem. Îşi văzu corpul tremurând. Se văzu pe sine murmurând: *Ma... Ma... Ma...*

Îl văzu pe Eddie alergând spre ea, cu faţa contorsionată. Văzu vagonetul masiv de culoare neagră prăbuşindu-se ca o bombă. Îl văzu pe Eddie cum se aruncă, cu braţele întinse. Mâinile lui mari îi loviră pieptul, împingând-o la o parte. Căzu de pe platformă, cu fundul înainte, urmat de partea din spate a picioarelor şi de călcâie. În momentul în care nu mai simţi contactul cu platforma, zări corpul lui Eddie întins acolo.

Vagonetul îl strivi cum striveşte bocancul un gândac.

Apoi, ceva mai mic zbură în direcţia lui Annie atât de repede, încât nu avu timp nici să clipească. Îi reteză mâna de la încheietură şi ea ţipă mai tare decât ţipase vreodată, ochii i se închiseră şi toate detaliile dispărură, ca şi cum bomba aceea care căzuse aruncase în aer totul, pe Annie, pe Eddie, ziua aceea, viaţa însăşi.

— O, Doamne, deci asta s-a întâmplat, gemu Annie, ca trezită dintr-un vis. Îmi amintesc acum. Tu m-ai împins. Mi-ai salvat viața. Bucata de metal mi-a tăiat mâna și mi-am pierdut cunoștința.

— Lucrurile devin destul de limpezi pe aici, spuse Eddie.

Annie rămase cu gura căscată, mișcându-și privirea când într-o parte, când în alta. Revăzu scena cu ochii minții.

— Dar...

Dădu drumul mâinii lui Eddie. Vocea i se frânse.

— Atunci chiar te-am ucis.

— Vagonetul m-a ucis.

— A fost vina mea.

— A fost vina unui cablu.

— Am blocat orice amintire.

— Nu erai pregătită.

— Să ce?

— Să afli adevărul.

— Că ai murit?

— Adevărul este mai mult de-atât.

Se îndepărtă, cizmele de lucru lipăindu-i pe țărâna moale.

— Pe pământ, vedem *cum* s-au întâmplat lucrurile. Dar ne ia nițel mai mult să vedem și *de ce*.

— Nu, se încăpățână Annie. Nu a existat niciun de ce! Ci doar eu care mă aflam unde nu ar fi trebuit să fiu. Și oameni care mi-au ascuns totul. Nu mi-a spus nimeni. Eu nu reușeam să-mi amintesc, iar mama a păstrat secretul.

— Te proteja.

— De ce?

— De ceea ce faci acum, de sentimentul de vină.

— Am aflat un zvon. Când eram la liceu.

— Şi?

Annie ezită.

— M-am comportat ca şi cum nu s-ar fi întâmplat. M-am mutat în altă şcoală. Sinceră să fiu...

Se înconjură cu braţele şi strânse.

— Era bucuroasă că nu-mi aminteam, adăugă ea.

Nu găsea puterea de a-l privi pe Eddie.

— Ţi-ai dat viaţa pentru mine, şopti ea. Ai sacrificat totul. Iar eu n-am fost în stare nici măcar să înfrunt adevărul.

Annie căzu la pământ, genunchii lovindu-i noroiul.

— Îmi pare atât de rău. Ce n-aş da să fi fugit în direcţia opusă. Aşa nu ar mai fi fost nevoie să mă salvezi.

— Tot nu pricepi, spuse Eddie cu blândeţe. Aveam *nevoie* să te salvez. Aşa am putut să mă revanşez pentru viaţa pe care am luat-o. Aşa te mântuieşti. Răul pe care îl facem ne deschide uşi spre a face bine.

Tala luă mâna lui Eddie şi şi-o frecă pe faţă şi pe braţe. Cojile groase căzură. Pielea arsă se desprinse. Tenul ei era acum perfect. Îl împinse pe Eddie cu toate cele cinci degete în burtă.

— Tala a fost a cincea persoană pe care am întâlnit-o. Tu eşti pentru mine următoarea.

— Următoarea? întrebă Annie.

— Mai întâi întâlneşti cinci persoane, apoi devii una dintre cele cinci persoane pentru altcineva. Aşa le leagă raiul pe toate una de cealaltă.

Annie îşi plecă ochii.

— A treia persoană pe care am întâlnit-o mi-a zis că trebuie să fac pace cu tine.

— Cine era?

— Mama mea.

— Ei bine, avea dreptate în legătură cu împăcarea, spuse el. Dar nu se referea la mine. Pacea ţi-o găseşti doar când te împaci cu tine însăţi. Şi eu a trebuit să învăţ asta pe pielea mea.

Aruncă o privire spre Tala.

— Adevărul este că am petrecut ani întregi crezând că nu eram bun de nimic, că eram un nimeni. Şi tu ai petrecut ani întregi făcând o mulţime de lucruri şi crezând că sunt toate greşeli, oftă el. Ne-am înşelat amândoi.

Se aplecă şi o ajutată pe Annie să se ridice în picioare.

— Hei, puştoaico.

Annie îşi ridică privirea către el.

— Nu există „sunt un nimeni". Şi nu există greşeli.

După ce Eddie spuse aceste cuvinte, peisajul se topi ca şi cum s-ar fi scurs într-o canalizare. Întunericul războiului dispăru. Tala, al cărei nume înseamnă „stea" în limba filipineză, se înălţă pe firmament, iluminând un cer albastru perfect în jurul lor.

Annie simţi că se ridică şi ea, apoi căzu uşor pe bancheta vagonetului unei roţi panoramice cu margini de oţel, care se rotea sus, sus, cât se întindea Ruby Pier. Privi în jos la corturile şi caruselele colorate. Pe măsură ce cobora, pământul începu să scânteieze de luminiţe. Luminiţele crescură exponenţial, raze în miniatură care, pe măsură ce Annie cobora, se dovediră a fi ochi de copii, care se bălăceau în Shoot-the-Chutes, se învârteau în Tilt-A-Whirl, călăreau fiecare cal de la fiecare carusel, râdeau şi se jucau. Erau cu miile.

— Am lucrat aici toată viaţa mea, strigă Eddie din mijlocul lor. Să lucrez la Întreţinere însemna să lucrez pentru siguranţa copiilor. Şi pentru că erau în siguranţă, au crescut şi au avut la rândul lor copii. Iar copiii lor au avut şi ei copii, iar copiii lor vor avea copii.

Arătă spre marea de chipuri tinere.

— Raiul meu îmi permite să îi văd pe toți.

Vagonetul în care se afla Annie ajunse jos, pe platformă.

— Înțelegi ce vreau să zic?

— Nu sunt sigură, răspunse Annie.

Eddie se-ntoarse.

— Oricât de grei au fost anii aceia pentru tine, oricât de rău a fost cu mâna ta, ai putut să crești și tu, pentru că te-am salvat. Și pentru că ai ajuns să crești...

Când se întoarse, Annie încremeni. Eddie ținea în brațe un băiețel, cu o căciuliță albastră pe cap.

— Laurence? șopti Annie.

Eddie făcu un pas înainte și-i puse fiul în brațele tremurânde. Și dintr-odată, Annie era din nou întreagă, corpul ei era complet. Își strânse copilul la piept, așa cum fac mamele, simțindu-se cuprinsă de cel mai pur dintre sentimente. Zâmbi și plânse și nu se putu opri din plâns.

— Copilașul meu.

Cuvintele îi țâșniră din gură.

— Oh, copilașul meu, copilașul meu.

Îi pipăi degețelele de la picioare. Îi gâdilă degețelele de la mâini. Lacrimile i se scurgeau pe fruntea lui mică, iar el le îndepărta, ochii dansându-i atenți. Nu se știe cum, dar era evident că o cunoștea pe Annie, așa cum Annie îl cunoștea pe el. Fiul ei exista. Era în siguranță, aici, în rai. Annie se simți cuprinsă de o liniște pe care viața de muritor nu i-o dăruise niciodată.

— Mulțumesc, îi șopti ea lui Eddie.

Înainte ca el să poată răspunde, Annie fu trasă în cer, departe de parcul de distracții și dincolo de singura stea strălucitoare a Talei, în vidul negru și mort al unui alt univers. Când Annie privi în jos, văzu că brațele îi erau goale și urlă de durere, simțindu-se complet împlinită și complet golită, așa cum te simți când ai și pierzi un copil.

DUMINICĂ, ora 15.07

În timp ce maşina de poliţie se apropie de spital, Tolbert privi prin geam la fâşiile lungi de nori. Spuse o rugăciune mută. Ştia că acesta avea să fie ultimul moment în care speranţa mai putea eclipsa realitatea. Odată intrat în clădire, orice îl aştepta, avea să fie de necontestat.

Maşina se opri. Trase aer în piept, apoi deschise portiera, puse geaca pe el, coborî în grabă şi porni alături de poliţist. Niciunul dintre bărbaţi nu scoase o vorbă.

Intrară în spital pe la Urgenţe. În timp ce se apropiau de tejghea, Tolbert îl zări printr-o perdea pe asistentul său, Teddy, aşezat pe marginea unei tărgi, cu capul în jos şi mâinile la urechi.

Pentru o clipă, Tolbert se simţi uşurat. *Trăieşte. Mulţumesc lui Dumnezeu.* Apoi îl cuprinse furia. Intră val-vârtej în separeu.

— Stai, hei..., spuse ofiţerul.

Tolbert îl apucă însă pe Teddy de umeri şi urlă:

— Ce mama dracului, Teddy? Ce mama dracului?!

Gura lui Teddy prinsese o formă ovală. Tremura din tot corpul.

— Vânt, murmură el. O linie de înaltă tensiune. Am încercat să evit...

— Ai verificat nenorocitul de raport meteo?

— Eu...

— Ai verificat nenorocitul de raport meteo?

— S-a întâmplat...

— De ce ai ridicat balonul în aer? Cine erau oamenii aceştia? Ce mama dracului, Teddy?

Ofiţerul de poliţie îl trase pe Tolbert de acolo, spunând:

— Uşurel, amice, uşurel.

Gâfâind, Teddy scoase o carte de vizită din buzunarul cămăşii.

— Au spus că te *cunosc*, îngăimă el.

Tolbert înlemni. Cartea de vizită era încreţită, ca şi când fusese udată de ploaie. Numele lui Tolbert era scris de mână, pe spate.

— Nu vă supăraţi, sunteţi proprietarul balonului?

Tolbert se răsuci pe călcâie. În faţa lui se afla un alt ofiţer de poliţie.

— Trebuie să vă luăm o declaraţie.

Tolbert înghiţi cu greu.

— De ce?

Ofiţerul deschise un carneţel de notiţe.

— Avem o victimă, spuse el.

Ultima eternitate

Annie se prăbuşi pe o suprafaţă rece şi dură, cu sufletul rupt în două. Îşi ţinuse în braţe copilul. Se simţise împăcată. Pentru o clipă binecuvântată, crezuse că şi-a găsit odihna veşnică. Că avea să trăiască veşnic la Ruby Pier, sub soarele înstelat, alături de fiul ei, Laurence, de bătrânul Eddie, de ceilalţi copii pe care munca lui îi ţinuse în viaţă. Acela ar fi fost raiul ei.

Dar acum nu mai era în acel loc şi, în mod clar, nu mai era cale de întoarcere. Se simţi distrusă. Golită. Nu găsi puterea nici măcar să deschidă ochii. Când o făcu, pe firmament nu apăru nicio culoare. Negrul drapa cerul de parcă aerul ar fi fost opac.

Ce sens are să mai continui? se gândi ea, lăsându-se pe spate. Oamenii pe care îi întâlnise îi dezvăluiseră viaţa, cele mai profunde secrete îi fuseseră smulse, abandonate de santinelele pe care creierul ei le trimisese cândva să le protejeze.

Acum ştia tot ce se întâmplase. Ştia de ce fuseseră implicaţi şi alţii. Ceea ce nu ştia era cum se potriveau toate acestea sau, cel mai dureros, cum se încheiase viaţa ei. *Gata, asta a fost?* se gândi ea. Suma existenţei sale? Un cablu retezat, slăbit şi atârnând?

În copilărie, Annie fusese învățată că, atunci când va muri, Domnul o va lua în brațe, iar totul va fi liniște și pace. Poate că asta le era destinat celor cu misiunea încheiată. Dacă tu nu ți-ai încheiat povestea pe pământ, cum ar putea raiul să o facă pentru tine?

Își pipăi corpul cu mâinile și tresări. O durea capul, o dureau umerii, iar partea inferioară a spatelui era încordată, amintindu-i de durerea resimțită în urma căzăturii din balon. Când își coborî palmele spre coapse, simți o țesătură familiară, moale și satinată. Coborî și mai mult cu mâinile. Materialul se lărgea, încrețindu-se.

Nu trebuia să se uite ca să știe că era din nou în rochia ei de mireasă.

Ridică-te, își auzi vocea interioară spunându-i. *Trebuie să termini.* Slăbită și amețită, Annie se ridică în întuneric. Nu avea nimic în picioare. Rochia i se lipea de corp. Privind în jos, văzu pete de lumină prin suprafața transparentă. Stele. Mai întâi câteva, apoi mii și mii, cât o galaxie, toate sub tălpile ei.

Făcu un pas.

Pământul se învârti.

Annie se opri.

Pământul se opri și el.

Mai făcu un pas. Se învârtea odată cu ea; mergea pe un fel de glob – un glob de sticlă masiv cu un întreg univers înăuntru. Într-un alt moment, i s-ar fi părut interesant. Dar acum se simțea goală pe dinăuntru, o simplă coajă. Se deplasă greoi înainte neîmpăcată, confuză, fără să simtă nici urmă din „mântuirea" care îl luminase pe Eddie.

Tocmai când își imagina că aceasta era soarta ei pentru totdeauna, începură să treacă pe lângă ea obiecte împrăștiate ici și colo: un scaun de grădină bej căzut pe-o parte, un stativ răsturnat, panglici albe tăiate între doi stâlpi din metal. O copleși un sentiment nou, pur și tulburător, sentimentul că acesta nu era raiul altcuiva, ci rămășițele vieții sale pe pământ.

În față, văzu o copertină. Sub copertină, văzu spinările mai multor persoane, bărbați și femei, în costume și rochii de domnișoare de onoare.

— Hei! strigă ea.

Liniște.

— Mă auziți?

Nimic.

— Vă rog, spuneți-mi unde sunt, imploră ea, apropiindu-se. Mă cunoaște vreunul dintre voi?

Figurile se dizolvară în particule minuscule, dezvăluind un singur bărbat, îmbrăcat în frac, care-și ridică fruntea.

— Da, spuse Paulo.

A cincea persoană pe care Annie o întâlnește în rai

Dragostea vine când te aştepţi mai puţin. Dragostea vine când ai cea mai mare nevoie de ea. Dragostea vine când eşti pregătit să o primeşti sau când nu o mai poţi nega. Sunt expresii cunoscute care spun diferite adevăruri despre dragoste. Dar adevărul era, în ceea ce o privea pe Annie, că vreme îndelungată, aproape zece ani, ea nici nu aşteptase dragoste şi nici nu primise dragoste în schimb.

După pierderea mamei şi a copilului ei, Annie se ţinuse departe de aproape toată lumea, adâncindu-se în rutina muncii ei de asistentă medicală. Se îmbrăca la fel în fiecare zi: uniforma albastră şi tenişii gri. Mergea cu maşina pe aceleaşi drumuri prin oraş. Îşi lua acelaşi fel de ceai de la aceeaşi cafenea.

Şi, zi după zi, se ocupa de pacienţii ei.

Le ţinea fişele. Le ştia doctorii. Evita să lucreze în pediatrie, simţea că amintirile sunt prea greu de suportat. Dar se purta foarte frumos cu bătrânii, îi încuraja să vorbească, iar ei erau fericiţi să aibă cu cine trăncăni. Annie descoperise că a sta să asculţi pacienţii mai în vârstă era o formă de terapie – şi pentru ei, şi pentru ea. Era destul de afectuoasă, dar nu prea tare, ca să nu sufere. Şi evitarea suferinţei era de-acum forţa motrice din viaţa lui Annie.

Făcea ture suplimentare. Lăsa munca să-i umple zilele şi nopţile. Rareori socializa. Nu ieşea la întâlniri. Îşi strânsese buclele de culoarea caramelului cu un mic elastic negru şi stinsese lumina în inima ei.

Apoi sosi dimineaţa în care, în drum spre spital, cu ceaiul călduţ aproape terminat în mână, îşi ridică privirea şi simţi că lumea s-a întors cu susul în jos: acolo, pe o platformă, era Paulo, un Paulo adult, îmbrăcat cu nişte blugi demodaţi, fixând cu ciocanul o stinghie. În subsolul sufletului ei se deschise o trapă, sângele i se puse în mişcare şi simţi furnicături în terminaţiile sale nervoase.

Nu te uita spre mine, se gândi. *Mai am timp să fug dacă nu te...*

— Hei, eu pe tine te ştiu, spuse el luminat de un zâmbet. Eşti Annie!

Annie îşi strecură mâna stângă la spate.

— Eu sunt, da.

— De la şcoală.

— De la şcoală.

— Eu sunt Paulo.

— Îmi amintesc.

— De la şcoală.

— De la şcoală.

— Incredibil! Annie.

Simţi că se înroşeşte. Nu putea să înţeleagă de ce un băiat întâlnit la liceu avea un asemenea efect asupra ei. Dar când el zise „Incredibil. Annie", nu se putu abţine să se gândească la acelaşi lucru: *Incredibil. Annie. Ce-i asta?*

Și, chiar dacă pe atunci nu știa, Annie învăța un nou adevăr despre dragoste: vine când vrea ea să vină.

Simplu ca bună ziua.

Povestea lor de dragoste fu mai degrabă o regăsire decât o curtare. Ieșiră la cină în seara aceea și în fiecare seară a acelei săptămâni. Râseră și vorbiră până târziu, îndelung, fără stânjeneala primelor întâlniri. Se știau din copilărie.

Paulo îi spunea o mulțime de povești, iar când termina una, Annie, cu bărbia în mână, întreba:

— Și apoi?

Trăise multe aventuri după ce se mutase cu familia în Italia, cu săteni, călăreți, o echipă de fotbal ambulantă, un an prin munți care se dovedise periculos. Annie simțise că toate poveștile acelea fuseseră păstrate doar pentru ea.

— Și tu? întrebă Paulo. Ce mai face mama ta?

— A murit.

— Îmi pare rău.

— Da.

— Îmi plăcea de ea, Annie.

— Chiar dacă te-a alungat?

— Era aprigă. Voia să te protejeze.

Paulo ridică din umeri și adăugă:

— *De-aia* îmi plăcea.

Se îmbrățișară scurt în acea primă seară împreună, bătându-se pe spate ca niște prieteni vechi. Dar, câteva seri mai târziu, după o cină cu spaghete, se sărutară ușor în fața mașinii lui Paulo. Annie se retrase, ca și cum nu mai sărutase niciodată pe cineva. Îi spuse lui Paulo că aşteptase acel sărut din ziua în care el plecase din liceu: „Dezastrul care s-a întâmplat în faţa dulapului tău nu se pune." Iar Paulo îi zise că se simţise îngrozitor în legătură cu acel incident şi din pricina modului în care se comportaseră copiii aceia, în care se comportase el.

— Megan era o vrăjitoare, spuse Annie.

— Dar desenul tău era frumos. Îl mai ai?

Annie izbucni în râs.

— Dacă-l mai *am*?

— Da.

— De ce?

— Pentru că îl vreau.

— Vrei desenul?

— Normal. Desenul acela m-a făcut să-mi dau seama că mă iubeai.

Annie îşi plecă ochii, frecându-şi un genunchi.

— Nu ştiai asta, spuse ea, încet.

— Bineînţeles că da. Ştiam că eu *te* iubeam.

Annie îşi ridică privirea.

— Râzi de mine?

— În niciun caz.

— Şi-atunci cum de nu ai spus nimic?

— Annie, zise Paulo, zâmbetul mare de pe chipul său lărgindu-se, aveam paisprezece ani!

Cu timpul, aşa cum se întâmplă în cazul celor mai adevărate dintre iubiri, vieţile lor se contopiră perfect, iar ei ştiură că aşa va rămâne, fără să fie nevoie să spună vreun cuvânt.

Într-o zi, în timpul pauzei de prânz, Annie împingea o pacientă în scaun cu rotile, doamna Velichek, spre noua aripă dedicată bătrânilor. Doamna era din New York și tocmai împlinise nouăzeci de ani, era fragilă la trup, dar deborda de viață. Annie o plăcea.

— Cum vi se pare? întrebă Annie. E mai spațioasă decât cea veche...

Se opri. În fața ei, îngenuncheat pe podea, se afla Paulo, care termina de turnat ceva. Își ridică privirea.

— Bună dimineața, frumoaso.

— Nu cu *mine* vorbește, spuse doamna Velichek.

— De unde știți? întrebă Annie.

— Chiar așa, de unde știți? adăugă Paulo, ridicându-se să-i strângă mâna femeii.

— Doamnă Velichek, vi-l prezint pe Paulo. Suntem prieteni, spuse Annie.

Paulo făcu un semn din cap spre blat.

— Se pare că a sosit mâncarea.

Annie văzu pâinea feliată și mezelurile asortate pe care cineva le livrase.

— Nu sunt pentru noi, spuse ea.

— Nu sunt pentru noi, o imită Paulo glumeț. Vă e foame, doamnă Velichek?

Un minut mai târziu, Paulo și Annie făceau sandvișuri și râdeau. Paulo le umplu de carne.

— Nu așa mult, îl avertiză Annie.

— N-asculta ce zice! spuse doamna Velichek.

— Ascult întotdeauna ce zice, spuse Paulo.

— Atâta i-ar trebui, răspunse Annie, râzând și-l împinse cu umărul pe Paulo.

— Prieteni, ehm? spuse doamna Velichek. Scumpo, pe cine crezi că păcălești?

O lună mai târziu se mutară împreună; rutina zilnică a unuia împletindu-se cu a celuilalt precum culorile când se amestecă. Mâncau împreună la micul-dejun, împărţeau pasta de dinţi, împărţeau guturaiul, împărţeau codul poştal.

Veni toamna, apoi iarna, apoi primăvara care se transformă în vară. Într-o dimineaţă luminoasă, înainte de a pleca la serviciu, Paulo scoase elasticul din părul lui Annie, iar ea îşi scutură şuviţele ondulate.

— Mai bine? întrebă ea.

— Mai bine, răspunse el, şi se putea referi la orice.

Căsătoria lor a fost o simplă formalitate după aceea. Dar Paulo avea o inimă de artist. Aşteptă până într-o seară, ca totul să fie pregătit, şi o conduse pe Annie pe acoperişul clădirii unde locuiau, care era luminat de torţe mici. Dintr-un difuzor mare şi alb se auzea muzică clasică. Trase de un cearşaf mare şi scămoşat dezvăluind o sculptură neobişnuită: două broaşte uriaşe din hârtie presată. Le făcuse ca să marcheze ziua în care se întâlniseră în curtea şcolii. Una dintre broaşte purta o cravată şi sărea peste cealaltă. De cravată era lipit un bilet.

Annie îl citi.

— *Un pas mic pentru broască, un salt uriaş pentru noi doi?*

Izbucni în râs. Când se întoarse spre Paulo, acesta ţinea în mână cutia cu inelul deja deschisă. Annie nici măcar nu aşteptă să audă întrebarea.

— Da! izbucni ea. Da! Da! Da!

— Nu, şopti Annie acum.

Paulo clipi.

— Tu nu trebuie să fii aici.

Paulo își deschise brațele.

— Nu te vreau aici!

Le întinse spre obrazul ei.

— Nu mă atinge! Nu fi aici! Trebuia să trăiești! Trebuia să trăiești!

Degetele lui îi atinseră pielea. Corpul ei păru să se topească la atingerea lui.

— Uite, Annie, spuse el. Aurora boreală.

Sub ei, prin suprafața sticloasă, valuri de verde și roșu se mișcau ca fumul printre stele.

— Știi cum se formează?

Annie simți lacrimi curgându-i pe față.

— Mi-ai zis de nenumărate ori, răspunse ea, cu vocea tremurândă. Particulele se desprind de pe soare. Ajung pe pământ datorită vânturilor solare. Le ia două zile să ajungă la noi. Și pătrund în atmosfera noastră...

Se înecă în lacrimi.

— La capătul lumii.

— Și iată-ne aici, spuse Paulo.

Flutură din mână și cerul de sub picioarele lor se schimbă în culori magnifice. Annie nu-și luă ochii de la soțul ei, care arăta așa cum arătase la nunta lor, dar atât de împăcat, fără riduri la ochi sau în jurul buzelor. Nu exista pe lume altcineva pe care să-și dorească mai mult să-l vadă. Nu exista pe lume altcineva pe care să-și dorească mai puțin să-l vadă.

— *De ce*? șopti ea. De ce ești aici?

— A bătut vântul, spuse el.

Lecția numărul cinci

Moartea este la fel de bătrână ca viața însăși. Cu toate acestea, în ciuda faptului că am evoluat atât de mult, nu știm încă să o acceptăm.

Dându-și seama că nu-i salvase viața lui Paulo, Annie se simți mistuită de sentimentul pierderii. De la tatăl care dispăruse din viața ei când era mică la mâna afectată de accident, la casa pe care fusese nevoită să o părăsească, la prietenii pe care îi lăsase în urmă, la moartea mamei, la copilul pierdut, la noaptea nunții, la momentul prezent, cu soțul ei, aici, în fața ei. Ultima ei pierdere.

Eșuase din nou.

— De cât timp ești aici? întrebă ea.

— De ceva timp.

— Vei întâlni cinci persoane?

— Le-am întâlnit deja.

— Nu înțeleg. Înseamnă că eu am murit *după* tine?

— Timpul trece diferit aici, Annie. Câteva secunde pe pământ pot fi un secol în ceruri. Este uluitor. Mai frumos decât în oricare dintre cărțile mele de tocilar despre spațiu.

Zâmbi, iar Annie simți că se ridică și colțurile gurii ei. Apoi își aminti unde se aflau.

— Nu, insistă ea. Nu e drept. Am fost căsătoriţi o singură noapte.

— O noapte poate schimba multe.

— Nu e de ajuns!

Se uită la el ca un copil rugător.

— Nu înţeleg, Paulo. De ce nu am putut şi noi să ne bucurăm de fericire? De ce mi s-a luat tot ce era bun?

Paulo privi firmamentul negru ca şi cum ar fi verificat ceva, chiar dacă nu era nimic acolo.

— Îţi aminteşti ultima mea zi la liceu? întrebă el. De fapt, am fugit după tine. Te-am văzut în parc. Plângeai pe o bancă, dar nu am găsit curajul să vorbesc cu tine. Ştiam că te-am dezamăgit.

A doua zi ne-am mutat şi gândul ăsta m-a chinuit vreme de cincisprezece ani. Chiar dacă eram atât de tineri, am simţit că am pierdut pe cineva important, pe cineva preţios. M-am întors acasă, în America, în speranţa că, într-o zi, te voi revedea. Apoi, din senin, ai apărut la spital. Şi mi-am dat seama că, atunci când iubeşti cu adevărat pe cineva, vei găsi întotdeauna drumul înapoi spre acea persoană.

Annie se încruntă.

— Ca să o pierzi din nou.

— Pierzi ceva în fiecare zi în care trăieşti, Annie. Uneori e ceva neînsemnat, cum ar fi aerul pe care îl expiri, alteori este atât de important, încât ţi se pare că nu vei supravieţui.

O apucă de mâna stângă.

— Dar supravieţuieşti, nu-i aşa?

Annie simţi o explozie de dragoste prin vene. Soţul ei era aici. Măcar putea fi cu el. Cu toate acestea...

— Am vrut să te salvez, şopti ea.

— Mi-ai dat un plămân.

— Dar tot ai *murit*.

— Asta nu schimbă cu nimic ce ai făcut.

— Cum de ești atât de împăcat cu toate astea? Tot ce simt eu este...

— Ce?

Annie căută cuvintele potrivite.

— Că mi s-a frânt inima.

Paulo reflectă un moment.

— Vreau să-ți arăt ceva.

Băgă mâna în buzunarul de la geacă și scoase un iepure din sârmă de curățat țevi.

— Mi-ai dat deja asta, spuse Annie.

— Privește.

Dintr-odată, iepurele se desfăcu și, ca prin magie, apărură cinci sârme drepte de curățat țevi. Paulo luă una și făcu o formă simplă cu două cocoașe.

— Aceasta este inima cu care ne naștem, Annie. Este mică și goală pentru că nu a trecut prin nimic.

I-o puse în mână.

— Iar asta...

Luă celelalte patru sârme și le răsuci creând o versiune mai mare, complexă, cu linii încrucișate în interior.

— Aceasta este inima cu care murim. După oamenii pe care îi iubim. După toate câte pierdem. E mai mare, vezi?

— Dar e frântă, spuse Annie.

— Da.

— Lucrurile acelea o strică.

Paulo împinse inima în pieptul lui Annie.

— Nu. Lucrurile acelea o fac întreagă.

Dintr-odată, sârmele începură să strălucească și Annie simți o mică bătaie care creștea înlăuntrul ei.

— Paulo, ce se întâmplă?

— Mulţumesc, Annie. Vreme de un minut, am putut să respir ca şi cum eram tu. A fost uluitor.

— Nu, stai...

— Trebuie să pleci acum.

— Vreau să fiu cu *tine*...

— Voi fi aici. Dar deocamdată, trebuie să trăieşti.

— Să trăiesc?

— Ai fost salvată de la moarte o dată, Annie. Ai rămas datoare lumii să salvezi şi tu la rândul tău. De aceea ai devenit asistentă medicală. Şi tot de aceea trebuie să te întorci. Pentru a salva pe altcineva.

— Paulo, nu. Te rog!

Paulo îi dădu drumul la mână. Annie văzu cum încep să dispară bucăţi din ea, mai întâi picioarele şi braţele, apoi genunchii, coapsele, abdomenul, pieptul, tot ceea ce reconstruise în timpul vieţii de apoi se descompunea. Suprafaţa de sub ea păru să se aplatizeze şi să se topească, auzi două niveluri de sunete, ca şi cum mai multe melodii erau redate în acelaşi timp. Paulo se stingea în lumina strălucitoare a aurorei boreale. Nu i se mai vedea decât faţa acum, suficient de aproape să o poată atinge. O sărută uşor, iar ea încercă să se agaţe de el cu disperare, să-l ţină pe loc în privirea ei, dar pleoapele îi căzură ca nişte perdele grele şi totul se întunecă. Apoi Annie simţi pe umeri două mâini care o împingeau din rai pe pământ.

Ştia că mâinile acelea mai fuseseră acolo şi înainte.

— Ne vedem curând, spuse Paulo.

Când deschise ochii, Annie privea fix în lumina fluorescentă din tavan. Auzi un bâzâit mecanic şi o voce de femeie spunând:

— Domnule doctor, priviţi!

Epilog

Vestea prăbuşirii balonului se răspândi rapid în tot statul şi, în timp, ajunse chiar şi în cele mai îndepărtate colţuri ale lumii. Oamenii distribuiră fotografii, comentând pe seama fragilităţii vieţii.

Povestea vorbea despre un cuplu proaspăt căsătorit, un pilot neexperimentat şi un final fericit pentru doi dintre cei trei pasageri. Pilotul, care ateriză cu balonul pe o linie de înaltă tensiune, scăpă de moarte căzând din coş. Mireasa fu salvată de curajosul ei soţ, care o aruncă pe ea şi apoi sări la rândul său şi, în ciuda rănilor extrem de grave, supravieţui ore întregi, inclusiv câteva minute după ce primi un plămân de la soţia sa. Muri în sala de operaţii în acelaşi moment în care ea intră în comă din cauza complicaţiilor cauzate de transplant.

Ceea ce puţini ştiau era că doctorii o pierdură pentru scurt timp şi pe Annie. Inima i se opri pe când se afla în comă, dar fu resuscitată de o echipă din care făcea parte şi unchiul ei, Dennis, care izbucni în lacrimi când inima ei începu să bată din nou.

— Eşti bine acum, Annie. O să fii bine. Ne-ai băgat în sperieţi, spuse el şi se forţă să zâmbească.

Annie clipi.

Pentru prima dată după mult timp, nu se mai simţea deloc speriată.

Timpul trecu. Precum fulgii dintr-un glob de sticlă când îl agiţi, vieţile celor implicaţi în tragedie se aşezară încet, nu în aceleaşi loc, ci în noi bule de pace.

Teddy se mută în alt stat, se alătură unei congregaţii religioase şi îşi petrecu mult timp purtând discuţii despre a doua şansă. Tolbert îşi închise afacerea şi vându terenul. Îi trebuiră cinci luni ca să-şi adune curajul să-i scrie miresei văduve. O săptămână mai târziu, primi o scrisoare de răspuns.

La cererea ei, Tolbert merse cu maşina acasă la Annie şi fu uimit să o vadă răspunzând la uşă vizibil însărcinată. Era mai amabilă decât se aştepta şi părea remarcabil de calmă după tot ceea ce se întâmplase. Tolbert îi spuse în repetate rânduri lui Annie cât de rău îi pare, cât de mult îi plăcuse de Paulo după scurta lor întâlnire în ploaie. Înainte de a pleca, o întrebă dacă îl va putea ierta vreodată pentru evenimentele care au dus la moartea soţului ei, dar ea insistă că nu era necesar.

— A bătut vântul, spuse ea.

Tolbert plecă, fără să ştie vreodată că mai bătuse şi un alt vânt, un vânt pe care el îl deturnase, trăgându-l pe Paulo pe marginea drumului în acea noapte ploioasă, împiedicând o maşină care circula cu viteză să-l lovească, o tragedie plănuită în altă versiune a lumii, una care nu le acorda lui Annie şi lui Paulo nici măcar o noapte de căsnicie, nici copilul care urma să se nască din ei doi. Sunt însă atât de multe momente în care viaţa noastră se schimbă fără ca noi să o ştim! Cum ai întoarce un creion, de la capătul cu vârful care scrie, la cel cu guma de şters.

La scurt timp după acea vizită, Annie luă o hartă, pregăti o valiză mică și porni într-o scurtă călătorie cu mașina ei până la un parc de distracții de lângă un mare ocean gri. Când ajunse în fața intrării, privi turlele și minaretele de la Ruby Pier, arcada împodobită de la intrare și turnul gravitațional care se înălța deasupra întregului parc.

Întrebă printre angajați dacă mai era cineva care își amintea de un bărbat pe nume Eddie, care lucrase la Întreținere. Fu condusă la un atelier din spatele mașinuțelor bușitoare, un atelier cu tavanul jos, becuri slabe, capete de clovn din porțelan și cutii de cafea pline de șuruburi și piulițe. Annie fu prezentată unui bărbat de vârstă mijlocie pe nume Dominguez, care își șterse mâinile pe o cârpă și spuse că da, lucrase pentru Eddie până la moartea acestuia. Când Annie îi spuse cine era, bărbatul scăpă cârpa din mâini și se prăbuși pe un scaun, mai să se răstoarne.

Pentru un moment, nu putu decât să mormăie:

— Oh, Doamne. Oh, Doamne.

Apoi începu să plângă.

— Îmi cer scuze. Doar că... Eddie ar fi atât de fericit să știe că sunteți bine.

Annie zâmbi.

Mai târziu, Dominguez o duse în spate și îi arătă un cufăr cu bunurile lui Eddie, bibelouri și felicitări de la ziua lui de naștere și o pereche de bocanci militari. Annie îl întrebă dacă putea lua o cutie de sârme de curățat țevile. Dominguez spuse că putea să ia tot coșul dacă voia.

— Pot să vă pun o întrebare personală? spuse el înainte de a se despărți.

Annie încuviință.

— Cum te simţi când îţi salvează cineva viaţa? Adică, am văzut ce s-a întâmplat în ziua aceea în parc. Dacă nu ar fi fost Eddie, aţi fi murit.

Annie îşi mângâie burta. Îi spuse că e greu de explicat. Îi zise că înainte simţea că ar da orice ca să schimbe ceea ce se întâmplase, dar că acum e diferit.

— Cel mai adesea, spuse ea, mă simt recunoscătoare.

Anotimpurile veneau şi treceau, iar când zilele deveneau mai călduroase, mulţimea se întorcea în parcurile de distracţii de pe malul oceanului, iar copiii se dădeau în cea mai nouă versiune a turnului gravitaţional, Tower Drop, de la Ruby Pier, ignorând, pentru că aşa sunt copiii din fericire, destinele care fuseseră schimbate în acel loc.

Annie, între timp, născu o fetiţă, pe care o legănă încet la piept. O boteză Giovanna, un nume italienesc care înseamnă „dar de la Dumnezeu”, pentru că, aşa cum sugerase Paulo, Annie se întorsese din rai pentru a o aduce pe lume.

Într-o zi, pe când Giovanna avea patru ani, Annie o duse afară să se uite la stele.

— Ce sus sunt, mami!

— Da, aşa este.

— Mai e altceva mai sus de stele?

Annie se limită să zâmbească. Nu spusese niciodată nimic nimănui despre călătoria ei prin viaţa de apoi. Dar nu avea de gând să tacă pentru totdeauna.

Într-o bună zi, pe când Giovanna va fi destul de mare, Annie îi va spune o poveste despre rai. Îi va povesti despre oamenii care sunt deja acolo, despre bunica şi fratele ei mai mare şi despre tatăl ei, îmbrăcat în smoching, care privea stelele. Îi va povesti despre secretele pe care le învăţase când fusese acolo, despre cum fiecare viaţă influenţează o alta şi cum acea viaţă o influenţează pe următoarea.

Îi va povesti că fiecare sfârşit e şi un început, doar că noi nu ştim asta în acel moment. Şi pentru tot restul zilelor ei, copila va fi liniştită ştiind că, indiferent de temerile ei, de ce va pierde, cerul deţine răspunsurile la toate întrebările ei pământeşti, începând cu cele cinci persoane care o aşteptă, aşa cum ne aşteaptă pe toţi, sub ochii lui Dumnezeu şi în adevăratul sens al unui singur cuvânt, cel mai preţios.

Acasă.

Mulțumiri

Autorul dorește să-i mulțumească în primul rând lui Dumnezeu, pentru că l-a binecuvântat cu sănătate și cu darul creativității, care permit omului să scrie povești despre rai.

De asemenea, aduce mulțumiri persoanelor citate mai jos pentru ajutorul oferit și inspirația necesară ca să scrie această carte:

Pentru că l-au ajutat cu partea de cercetare: lui Kay MacConnachie, terapeut ocupațional și manager la clinica Motus Rehabilitation din Warren, Michigan, a cărui activitate cu pacienții care se recuperează în urma intervențiilor de reimplantare a membrelor superioare a ajutat la realizarea unui portret viu al cicatricilor emoționale și fizice care au urmărit-o pe Annie toată viața. Lui Gordon Boring, pilot de baloane cu aer cald și președinte al Wicker Basket Balloon Center din Wixom, Michigan (aviz cititorilor: vă asigur că accidente precum cel descris în această carte sunt extrem de rare!). Lisei Allenspach, medic primar la Spitalul Henry Ford și director medical al Programului de transplant de plămâni al Spitalului Henry Ford din Detroit. Lui Val Gokenbach, asistent medical șef la Baylor Scott & White All Saints Medical Center–Fort Worth, Texas. Mulțumiri speciale lui Jo-Ann Barnas, pentru cercetările meticuloase şi pentru că a pus întrebări excelente. Cât priveşte personajul doctorului Sameer, acesta a fost inspirat în parte din povestea adevărată a regretatului Everett (Eddie) Knowles, al cărui accident din 1962, pe când era copil, a revoluţionat domeniul reimplantării membrelor.

De asemenea, autorul doreşte să îi mulţumească lui David Black, agent şi prieten la bine şi la rău; lui Gary Morris, Jennifer Herrera şi lui Matt Belford de la Agenţia David Black; şi oamenilor minunaţi de la HarperCollins, începând cu Karen Rinaldi, editor drag, care mi-a oferit o viziune extraordinară asupra protagonistelor, lui Jonathan Burnham, Brian Murray, Hannah Robinson, Doug Jones, Frank Albanese, Leah Wasielewski, Stephanie Cooper, Sarah Lambert, Tina Andreadis, Leslie Cohen, Leah Carlson-Stanisic, Michael Siebert şi Milan Bozic.

Ajungând acum la cei de acasă, multe mulţumiri lui Kerri Alexander, care îmi ţine viaţa în ordine, şi lui Marc „Rosey" Rosenthal, care împiedică acea viaţă să se ducă de râpă, lui Vince, lui Frank, Antonellei Iannarino, uimitoarea noastră guru a Internetului, şi lui Mendel, care tot un derbedeu a rămas.

Nu ar fi existat conceptul *Cinci prieteni* fără unchiul meu Eddie – adevăratul Eddie – care mi-a spus prima poveste despre viaţa de apoi. Iar când personajul Eddie spune că raiul său nu ar fi rai fără soţia lui, acestea sunt, de fapt, cuvintele mele – mă refeream la Janine, care mă inspiră în fiecare zi; la membrii familiei mele, primii care au citit această carte; la mama şi tatăl meu, care m-au învăţat cum să spun poveşti şi care, de la ultima mea carte, s-au alăturat unul celuilalt în rai, unde, fără îndoială, petrec fiecare minut împreună, aşa cum au încercat să facă pe pământ.

Şi în cele din urmă, cele mai profunde mulţumiri cititorilor mei, care continuă să mă surprindă, să mă inspire, să mă motiveze şi să mă binecuvânteze. Poate că, deocamdată, raiul este doar o dorinţă exprimată într-o rugăciune, o bănuială. Dar ceea ce ştiu este că, datorită vouă, eu am experimentat deja o bucăţică de paradis.

Despre autor

MITCH ALBOM este autorul a numeroase opere de ficţiune şi nonficţiune. A scris şase bestsellere, care au ajuns pe prima poziţie în topul *New York Times*, inclusiv *Marţi cu Morrie,* cea mai bine vândută carte de memorii din toate timpurile. A scris, de asemenea, scenarii pentru filme TV premiate, piese de teatru, scenarii de film, un musical şi a ţinut o rubrică într-un ziar distribuit la nivel naţional. Cărţile lui Albom s-au vândut în peste 36 de milioane de exemplare, fiind traduse în patruzeci şi două de limbi. A fondat şi coordonează S.A.Y. Detroit, un consorţiu care se ocupă de nouă acţiuni caritabile în oraşul său natal. A creat un magazin nonprofit de dulciuri şi o linie de produse alimentare nonprofit pentru a finanţa programe pentru cei mai nevoiaşi cetăţeni din Detroit. De asemenea, administrează un orfelinat în Port-au-Prince, Haiti. Trăieşte în Michigan alături de soţia sa, Janine.

BOOKZONE